BOULOULOU

CHEDLI BEN HASSINE

BOULOULOU

Roman

ÉDITIONS PRISMA

ISBN : 978-2-8104-4000-9

Prologue

Paris est la plus belle ville du monde. Aucun coin ne ressemble à un autre. Les grands boulevards, les allées fleuries, l'immensité des bâtiments. Tout nous renvoie toujours à l'infiniment grand et par voie de conséquence, on se sent infiniment petit.

En passant devant une boutique, je souris. Des toiles. J'adore ces échoppes, dans les ruelles. Elles sont pleines de charme. Elles sont authentiques. Il y a des pinceaux, des aquarelles, des tableaux blancs prêts à être colorés de tous les côtés et je m'émerveille, en replaçant doucement mon voile sur ma tête.

Quelques emplettes, puis je m'engage sur le chemin du retour, les bras chargés de nouveaux ustensiles.

Soudain, une angoisse remonte en reptation, depuis mon ventre, jusqu'à ma colonne vertébrale.

C'est une sensation étrange : celle d'être suivie. Comme le soleil choisit son moment, il se cache, puisque les ruelles m'enclavent. Et dans les ombres, on ne peut faire confiance à personne. D'abord, ce ne sont que des silhouettes et des voix. De plus en plus pressantes.

– Retire-le, crie l'une d'elles.

Quelques railleries. Trace ta route. Ne fais pas attention.

Écouteurs dans les oreilles, je ne relève pas. J'avance.

Dans quelques centaines de mètres, je serai chez moi. Dans quelques centaines de mètres, tout ceci ne sera plus qu'une anecdote.

Encore quelques pas pour quitter la ruelle, et… Ma pensée est interrompue par une violence vive.

Une main. Elle attrape mon voile pour le retirer, en m'arrachant quelques cheveux au passage. D'abord, la sidération. Et puis, le constat : ce sont cinq visages qui se trouvent en face de moi, lorsque je me retourne. Ce que je vois, ce ne sont pas des hommes, mais des animaux. Ce que je lis dans leurs yeux, c'est de la violence, de la haine, mais aussi… une pointe d'amusement.

– Rendez-moi ça, lancé-je en tendant la main pour récupérer ce qui m'appartient.

Il lève la main un peu plus haut, pendant que les autres m'entourent.

Entre ses doigts, fermement serrés autour, mon voile ressemble à un drapeau qui flotte au vent.

– Sinon quoi ? crache-t-il. T'es sourde ? Quand on te dit de retirer ton voile, tu retires ton voile.

Une ombre passe devant ses yeux, et la tension monte d'un cran. Ce que je vois, ce n'est plus seulement de la haine. C'est une forme de folie. J'en ai des frissons. J'ai l'étrange sentiment que tout pourrait dégénérer en un instant. Comme une prémonition. Comme… une mise en garde.

Bientôt, les regards ne suffisent plus et ce sont les gestes. Je sens ceux dans mon dos qui font glisser leurs mains sur moi. Une fois de plus, je me retourne brutalement, perdue entre le choc, la honte et la sidération.

– Bouge pas.

Ils m'empoignent plus fermement et immobilisent mes épaules, puis bientôt, tout mon corps.

Je me débats, je donne des coups, mais rien n'y fait : ils sont cinq et je n'ai rien d'autre que la rage du désespoir. Je ne comprends pas ce qui est en train de se produire. Ils écrasent ma tête contre le mur. Je suis sonnée. J'ai des acouphènes. J'entends et comprends à peine ce qu'il se passe.

Entre insultes, coups et cruautés, tout ce que je suis encore en mesure de sentir, c'est le sang qui perle au niveau de mes tempes.

– T'es peintre, c'est ça ? Tu veux de la couleur ? Tiens.

La première de ces ombres cruelles abat sur moi un coup de poing qui résonne jusqu'au fond de mon crâne. J'entends mes os se briser dans un craquement sinistre. Je suis tombée dans un piège cruel, un filet de monstruosité indifférente. Il ne me restait que quelques pas avant de quitter la ruelle.

Désormais, je ne suis pas sûre que je la quitterai un jour.

Les poings pleuvent sur moi comme une pluie battante. Une averse qui ne semble pas vouloir s'arrêter. Chaque coup semble plus violent encore que le précédent. Tremblante, je tente de reprendre un semblant de conscience en essuyant mes lèvres fendues par leurs assauts, mais tout ce que j'y trouve, c'est du sang.

C'est ça. Le goût du sang. Imprimé dans ma bouche. Dans ma gorge. Dans mon âme. Et tandis que je suis immobilisée contre le mur, un par un, ils passent.

Je sens leur chair immonde s'insinuer dans la mienne sans une considération pour mes larmes et mes hurlements. Ils arrachent mes vêtements, mes cheveux, ma pudeur. J'ai l'impression d'être dépouillée jusqu'au plus profond de moi et qu'il ne me reste rien d'autre que le droit de mourir.

Bouloulou

Lorsqu'ils en ont fini avec moi, je suis une épave détruite. Une âme déchirée. Au sol, dans mon sang, les os brisés, j'essaye, en larmes, de reconquérir ce qu'il reste de mon humanité. Mais j'ai été traité comme une bête par des bêtes.

Je ne parviens pas à prononcer le moindre mot. Je les vois juste s'éloigner, pendant que mon regard est noyé par des bulles rouges. Ils ont gardé mon voile comme un trophée, et ma dignité comme un trésor de guerre. Je rampe, puis trouve la force de me mettre à genoux, avec le sentiment persistant que je vais crever dans cette ruelle. Tout ce qui tachera cette toile vierge, finalement, c'est mon propre sang. Dans l'indifférence la plus totale.

Chapitre 1

Passé

Comme d'habitude, c'est le son de la télé qui remplit la salle à manger. Tous les soirs, il nous abreuve pendant au moins une heure sur tous les sujets. Mais l'un d'entre eux revient particulièrement – surtout en ce moment. Sur le plateau, tous les chroniqueurs prennent l'espace dans leurs beaux costumes et moi, je vois mon père qui bouillonne à mesure qu'ils parlent. On dirait que le sujet ne lui plaît pas. Il y a quatre hommes et tout ce qui peut les différencier clairement, en dehors du fait qu'ils soient chauves ou aux cheveux gris, ce sont leurs cravates de différentes couleurs.

Depuis la salle de jeu, j'observe la scène, par l'entrebâillement de la porte.

– Mais, Gaëtan, vous ne pouvez pas prétendre que le voile est une liberté. C'est à l'inverse des principes fondamentaux de la république.

– Écoutez, Pascal, je crois que…

Le son et l'image se coupent tout à coup. Mon père vient d'appuyer sur la télécommande et il se lève du canapé en bougonnant quelque chose à propos des musulmans. Je ne comprends pas bien ce qu'il dit, mais ma mère l'approuve depuis son fauteuil, un verre de vin à la main.

– C'est vrai, non ? peste-t-il. Si on allait construire des églises en Algérie, nous ? Qu'est-ce qu'il se passerait, hein ? Ça me gonfle, ces conneries. Ils n'ont qu'à retourner chez eux, ça créera moins de problèmes.

Quand il est dans cet état, je préfère rester loin de papa, parce qu'il n'est jamais gentil. Quand j'entends que ça parle des « Verts » sur les chaînes d'info, je préfère ne pas être dans le coin.

– C'est moi qui joue en premier, me lance Adrien en allumant la télé de notre petite pièce à nous.

Et mon grand frère, lui, n'est jamais d'humeur à partager quand il s'agit de jouer à la console. C'est toujours lui, lui, lui. Il n'y en a que pour lui.

– Pourquoi c'est toi ?

– Parce que j'ai eu dix ans hier. Je suis un grand, maintenant.

Moi, je fronce les sourcils. Ça, ce n'est vraiment pas juste. Depuis hier, il n'arrête pas de dire que c'est un grand et que moi, je ne suis rien qu'un petit et que de toute façon, c'est lui qui commande.

– On joue à deux, on joue à deux !

– Non. Tu regardes et je te montre.

Il me donne un coup de coude.

– On joue à deux ! insisté-je plus fort.

Adrien lance un regard vers la porte. Je sais très bien de quoi il a peur : qu'on nous entende. Parce qu'à chaque fois qu'on chahute, nos parents mettent fin à notre session de jeux vidéo. C'est toujours pareil. Ils sont d'accord pour qu'on joue, mais pas pour que ça nous « énerve », comme ils le disent. Moi, ce ne sont pas les jeux qui m'énervent. C'est Adrien parce qu'il ne partage jamais.

– D'accord, ça va, arrête de crier.

Adrien me tend une manette et nous commençons à jouer.

Dans la pièce d'à côté, j'entends les parents qui parlent des vacances. D'après eux, elles vont être super chouettes, parce qu'on va se rendre dans notre maison secondaire, au Touquet. Ça veut dire qu'on va voir la plage, ça. J'adore le Touquet. Le seul problème, c'est que quand on est là-bas, ce sont les parents qui s'essayent à la cuisine et ils ne sont vraiment pas doués là-dedans. On va encore manger des coquillettes parce que ce ne sera pas Samira derrière les fourneaux. J'adore quand elle s'occupe de nous, Samira. On a la meilleure gouvernante du monde !

Heureux de cette information, je me concentre de nouveau sur le jeu, mais mon personnage a un comportement bizarre.

Je secoue la manette, agite les joysticks, encore et encore, mais rien n'y fait.

– Qu'est-ce que tu as ? Arrête, tu vas casser la manette, gronde Adrien.

– Mais ça ne marche pas.

– Bien sûr que si. C'est juste que tu es nul.

Mais moi, je suis certain que ça ne marche pas.

C'est là que je réalise le problème, en suivant le câble de la manette. Il n'est même pas branché à la console. Adrien a menti !

– T'es un menteur ! Tu m'as dit qu'on jouait à deux ! T'as pas branché ma manette ! Papa !

– Non, chut, arrête, lance mon frère en se levant. Arrête de crier, tu vas encore…

Mais il est trop tard. La porte s'ouvre brutalement sur la silhouette colérique de mon père. Il n'a pas encore retiré son costume, celui qu'il porte pour aller au travail. Il est habillé exactement comme les gens sur le plateau de télévision et moi, je commence à chouiner.

– Adrien il n'a pas branché ma manette pour jouer au jeu...

– C'est pas vrai ! T'es un menteur, Alexis !

Je vois bien que mon père n'a pas envie de se mêler de cette dispute et qu'en fin de compte, il s'en fiche. J'aurais peut-être dû réfléchir avant de l'appeler.

Pour seule réponse, il se précipite vers la console en grommelant quelques gros mots, puis l'attrape en tirant sur les câbles pour la débrancher.

– Allez, ça suffit, cette console de jeu. Elle vous rend dingues. J'en ai marre.

Il emporte la PlayStation, nous donne à chacun une tape sur le bras pour nous punir et claque la porte derrière lui pendant que j'essuie encore les deux larmes qui ont coulé sur mes joues.

– T'es content de toi, maintenant ? demande Adrien en se frottant à l'endroit où la main de notre père l'a atteint.

– T'avais qu'à brancher ma manette.

J'ai mal, moi aussi.

– T'es vraiment chiant.

Il est toujours comme ça, quand ils passent les histoires de voile à la télé.

Nous sommes punis dans notre salle de jeu, mais lorsqu'elle est vide de console, elle paraît tout de suite beaucoup moins intéressante.

Et la pièce m'a l'air froide.

Je suis assis dans un coin et Adrien dans l'autre. Finalement, c'est ma mère qui débarque, avec nos sacs à dos prêts pour l'école. Pourtant, il est dix-huit heures.

– Allez, les enfants. En voiture. Vous allez chez vos grands-parents, ce soir. Votre père a besoin de se reposer un peu.

C'est toujours pareil, de toute façon. Et puis, je n'aime pas aller chez papi et mamie. Chez eux, il y a seulement une vieille télé et même pas de console ! Et puis, leur maison est bizarre… il y a plein de vieux objets que plus personne ne connaît, aujourd'hui.

Mais la décision est prise et il n'y a rien que nous puissions faire pour y échapper.

Ni une ni deux, nous sommes dans l'Audi, prêts à démarrer.

– Ceintures, ordonne notre mère.

Clac.

Pour aller chez mes grands-parents, nous devons quitter Paris, parce qu'ils habitent en périphérie, dans un plus petit village. Ça veut dire, en plus, que demain nous devrons nous lever encore plus tôt pour aller à l'école. Tout ça, c'est de la faute d'Adrien. S'il avait branché ma manette, rien de tout ça ne serait arrivé !

Ma mère n'a presque pas de regard pour nous lorsque nous arrivons enfin. Elle nous dépose chez nos grands-parents en expliquant rapidement la situation et met notre énervement sur le compte de la console – ce que ma grand-mère approuve pleinement.

– Il ne faut pas les mettre devant les écrans à cet âge-là, lance-t-elle de sa voix chevrotante. À leur âge, je jouais dehors, moi. C'est très bien parce qu'ici, il y a un grand jardin.

C'est vrai, mais il n'est pas du tout entretenu et il y a de la boue partout. Mais c'est parfois drôle, parce qu'il y a de grands bâtons avec lesquels on peut jouer et aussi des poules, après lesquelles on peut courir.

Les quelques fois où nous avons dormi ici, avec Adrien, je me souviens que nous avions contemplé le jardin avec terreur. J'aurais juré, à l'époque, qu'il y avait des ombres mouvantes et des bruits inquiétants qui s'en échappaient.

Mais lorsque ma grand-mère nous entraîne à l'intérieur, je comprends surtout que dormir chez elle est une punition et que nous allons manger et aller nous coucher pour nous calmer, et parce que demain, « il y a école ».

C'est vraiment nul d'être ici.

En plus, c'est une vieille maison, où tout a l'air d'être en bois. À chaque fois qu'on marche quelque part, ça craque. Il n'y a que des meubles anciens qui font peur et peu de lumière. Il n'y a que des petites lampes dans tous les sens.

Une fois le traditionnel triangle achevé : repas avalé, dents brossées, pipi évacué, nous entrons dans la chambre prévue pour nous en boudant.

– C'est ta faute, râlé-je.

Je tire la couverture de laine et observe le plafond en pestant.

Il fait peur, cet endroit. Les murs sont couverts d'une vieille tapisserie florale qui, dans la pénombre, a l'air plus ancienne encore que mamie.

– Non, la tienne.

Pour dormir, mamie nous a donné un livre à chacun. Ça, c'est encore plus nul. En plus, il n'y a qu'une toute petite lampe de chevet pour deux et elle éclaire à peine. Tout ce que ça crée, ce sont des ombres qui dansent sur les murs au rythme des pages qui se tournent.

– Tu as vu ça ? demandé-je à mon frère, le souffle court.

– Ouais, répond-il à voix basse.

Il y avait une ombre. Elle est passée en un éclair. J'ai envie de hurler, mais aucun son ne sort de ma bouche.

Nous avons deux lits séparés et au bout de la chambre austère, une armoire. Elle a l'air encore plus vieille que tout le reste de la maison. Toute faite de bois, il y a des motifs bizarres, dessus, qui sont gravés et aussi un miroir. On dirait un passage vers un monde secret tellement elle est énorme. C'est là que l'ombre est allée se glisser.

Je sens que je frissonne.

Adrien se tourne vers moi.

– Viens, on va voir ce qu'il y a dedans.

– Non, elle fait trop peur.

– T'es un trouillard ?

Je ne réponds pas. Bien sûr que non. Je suis courageux. Mais il ne faut quand même pas exagérer.

– T'es un trouillard, c'est ça ? insiste-t-il.

– Non, je ne suis pas un trouillard !

– Alors viens.

Il se lève du lit à pas de loup, pour éviter de faire craquer le bois qui compose le sol de la chambre, puis se dirige vers l'armoire bizarre. Et comme je ne suis pas un peureux, je l'accompagne. Je n'ai pas envie qu'il dise encore de moi que je ne suis rien qu'un petit.

Arrivés devant l'armoire, Adrien passe ses doigts sur les motifs qui la décorent et je frissonne.

J'ai de plus en plus chaud. Et par moments, je vois une lueur, dans l'armoire. J'ai envie de prendre mes jambes à mon cou et d'appeler mamie.

– Arrête, Adrien… on devrait se recoucher.

– Chut. Tais-toi. Si tu réveilles mamie, tu sais ce qu'il va se passer.

Oui, elle est d'encore plus mauvaise humeur que les parents et elle devient vraiment méchante.

Je déglutis difficilement et garde mes commentaires pour moi. Sur ce coup-là, je suis mon frère.

Lorsqu'il tourne la clé, j'ai un sursaut. La porte de l'armoire s'ouvre dans un grincement sinistre. À l'intérieur, je ne vois rien. Tout semble plus noir encore qu'une tache d'encre. J'en ai le souffle court, alors, j'inspire un grand coup pour me donner du courage.

Et alors que mon regard est aspiré par l'obscurité grandissante, comme si les ténèbres commençaient à envelopper mes yeux, je sens une force derrière moi, accompagnée d'un rire. Adrien vient de me pousser dans l'armoire et il claque la porte en riant.

– Adrien ! Arrête !

J'essaye de sortir, mais il tourne la clé dans l'autre sens et je me retrouve enfermé. C'est horrible d'être dans une armoire tout seul, comme ça. Et puis, je ne vois rien.

– Adrien, c'est pas drôle !

J'essaye de forcer, mais rien n'y fait, je suis coincé. J'ai envie de pleurer.

– Tais-toi ou tu vas réveiller mamie et elle va te tuer !

– S'il te plaît, s'il te plaît, je t'en supplie, laisse-moi sortir, suffoqué-je.

Je sens que mon souffle raccourcit de plus en plus. J'ai l'impression d'étouffer et qu'une aura glaciale de terreur s'empare de moi. Et puis, il y a quand même cette chaleur brûlante qui me dévore le dos et j'ai le sentiment, tout à coup, que je vais mourir ici. Que je ne reverrai jamais maman.

Je ne dois pas parler. Je dois rester silencieux, sinon mamie va me tuer !

À cette heure-ci, nous sommes censés dormir et on va être privés de tout pendant très longtemps si je moufte.

Je respire par le nez. Très fort. J'entends mon souffle, mais ce n'est pas le seul. On dirait qu'il y a une autre présence, dans l'armoire. Une fois de plus, un peu moins fort, je supplie mon frère de me sortir de là, mais pour seule réponse, j'entends son rire étouffé.

Et lorsque je tourne la tête dans l'armoire, j'aperçois une lumière scintillante qui s'étire doucement en un large sourire parsemé de dents pointues. Je veux hurler, mais aucun son ne sort de ma bouche. Il a deux yeux brillants enflammés de cruauté, devant lesquels passent de longs cils qui semblent tomber jusqu'au sol. La créature me regarde. Elle a comme un grand voile noir au-dessus de la tête. Je suis seulement capable de distinguer ces éléments, à la lumière de son sourire malveillant.

Je recule autant que je le peux, jusqu'à ce que mon dos heurte le bout de l'armoire.

– Adrien ! Il y a un monstre ! Ouvre la porte !

Tout ce que je sens, ce sont les larmes chaudes qui roulent sur mes joues. Je ne les contrôle pas. Elles coulent toutes seules, sans que je puisse rien y faire. Je n'arrive pas à décrocher mon regard de celui de ce monstre affreux.

Il va me tuer. Il va me manger.

– Adrien !

– Tais-toi. C'est de ta faute si on est ici ! Tu n'avais qu'à pas pleurer devant papa !

Doucement, à petits pas, la bête s'approche de moi et à mesure qu'elle avance, son sourire carnassier s'étire encore.

– Il va me manger !

– Reste tout seul avec le Bouloulou.

Chapitre 2

Présent

Et depuis ce jour-là, il ne m'a jamais quitté.

J'ai les jambes lourdes, lorsque je marche en direction de l'université. Je suis agressé par les klaxons, par les embouteillages et par cet air tellement lourd, qui me presse les poumons.

J'ai le cœur qui tambourine contre ma poitrine. Je suis un peu nerveux. Ce cours… il n'a rien à voir avec mon domaine de prédilection. Avec ce que je fais d'habitude. C'est tout autre chose. Et alors que le bois des marches de l'amphithéâtre craque sous mes pas, je m'installe en rang avec les autres étudiants, derrière les bureaux.

Si mon père savait ce que j'étais en train de faire, là, tout de suite…

C'est sûr qu'il péterait les plombs ! Son fils dans un cours d'art. Impensable !

Le professeur s'installe. Il est debout, près de son tableau, un large sourire aux lèvres. Nous devons être facilement trois cents dans cet amphithéâtre et pourtant, je me sens seul. Je me sens honteux, bizarrement. J'ai l'impression que je n'ai rien à faire ici. Que ce n'est pas sérieux. Que je ferais mieux de me concentrer sur mes autres cours. Ceux qui ne m'intéressent pas. L'économie, le business... Tout ça, ce n'est pas pour moi. J'ai d'autres rêves en tête.

Cet amphithéâtre est magnifique. Il représente bien ce que l'art est, pour moi : avec ses grandes colonnades, ses innombrables marches et ses pupitres prestigieux... c'est un bonheur.

Je vais pour sortir mes affaires, mais ma main me lance de nouveau. Je grimace de douleur.

– Ça va ? me lance la fille à côté de moi.

Je hoche la tête.

– Ouais. Juste un peu mal à la main...

Elle avise le bandage qui entoure ma main.

– Je vois ça. Attends, je vais t'aider.

En voyant que j'ai mal, elle me demande implicitement la permission de mettre la main dans mon sac, que je lui donne en acquiesçant d'un mouvement de tête.

J'ai pris tout ce dont j'avais besoin : carnets, encre, peinture, pinceaux... tout le matériel est là et même si ça ne représente peut-être pas grand-chose pour ceux qui sont ici, autour de moi, ils ne savent pas que dans ma tête, tout ça est essentiel. Ça fait partie de moi. C'est un morceau de ce que je suis et que j'ignore depuis trop longtemps. L'artiste qui vit à l'intérieur et qui a besoin de s'exprimer.

– Bon, je sais que certains d'entre vous ne sont pas habitués à ce genre de cours, lance le professeur en tapant dans ses mains. Mais j'aimerais que, dans cette classe, vous laissiez le reste derrière vous. Et sans préambule, nous allons commencer.

Le professeur ne parle pas seulement d'art, ou ne nous apprend pas seulement à dessiner ou à peindre. Il nous donne aussi le courant artistique, et l'histoire contextuelle autour de la période donnée, dans le cours qu'il enseigne. C'est à la fois de l'art et de l'histoire de l'art. Et... je suis obligé de l'avouer : j'adore ça.

Je note, me renseigne, apprends avec tellement de soif que rien ne semble pouvoir l'étancher. Avoir une passion, c'est formidable. Avoir une passion au point de devenir un boulimique du sujet et de dévorer tout ce qui nous passe sous la main à ce propos, c'est autre chose.

J'ai l'impression d'être dans une bulle hors du temps où rien ne peut m'atteindre. Une sphère de sécurité.

Loin de mon père et du dégoût qu'il a de moi depuis que j'ai raté médecine.

Loin de mon frère, à cause de qui mes tourments ont commencé.

Loin de mes autres cours, qui me donnent l'impression de vivre à l'extérieur de mon corps et d'être spectateur de ma propre vie, tant ils sont inintéressants.

L'économie, le business… je suis sûr que je peux y parvenir moi-même. Je n'ai pas besoin qu'on m'apprenne de vieilles théories à ce sujet. En revanche, l'art, c'est autre chose.

Tout le cours est passionnant. Au moins autant que je l'imaginais. Et lorsque nous commençons enfin à dessiner, je vois le fruit de mon imagination prendre forme sous mon crayon. C'est magnifique. C'est magique. C'est ça que je veux faire. Je veux partager un message. Pas seulement pour moi, mais aussi parce qu'il y a une bête, qui me suit. Depuis que je suis tout petit. J'ai l'impression de ne plus pouvoir vivre sereinement. D'être toujours sur le qui-vive. De passer ma vie à me méfier. À éviter les endroits sombres.

Mais aujourd'hui, pas de bête atroce. Aujourd'hui, il n'y a que le cours et toute la passion qui m'anime.

– C'est quoi ton nom ? demande ma voisine.

– Alexis. Et toi ?

– Aurélie.

– Enchanté.

– Pareil.

Je n'ai pas vraiment l'habitude de faire connaissance comme ça. C'est plutôt rare. Je me méfie en permanence.

Parce que trop souvent, je ressens son ombre au-dessus de moi. Comme s'il était là, à me guetter à chaque instant. J'ai appris à vivre avec sa présence en permanence. Et même si ce n'est qu'un petit peu, c'est toujours bien là, au fond de moi. La paranoïa est mon quotidien.

Ce cours d'art, une vraie bulle d'air.

Et entre deux ? L'ennui et l'angoisse insoutenable de l'existence.

Lorsque le cours se termine, je ne pense qu'au prochain et entre deux, je sais déjà ce que je vais faire : dessiner, encore et encore. Parce qu'il n'y a que ça qui m'anime et me fait vibrer.

À peine suis-je sorti de la salle de classe que j'ai l'impression d'être, en même temps, sorti de mon propre corps et d'assister davantage à ma propre vie que de la vivre. C'est comme si j'étais au-dessus, que j'étais un spectateur inactif. Tout passe et défile devant moi comme dans un film. Je n'ai le cours d'art qu'une fois par semaine. Le mercredi. Et j'ai déjà hâte.

Cours d'économie.

Ennui.

Transports en commun.

Incivilité…

Je suis fatigué.

Je passe de nouveau la porte du cours d'art, avec un enthousiasme débordant. La semaine est passée à toute vitesse et pour une fois, pour deux heures, je me sens moi. Je me sens connecté avec ce que je suis. J'ai le sentiment que mon esprit se reconnecte à mon corps.

Je m'installe avec un grand soulagement. Un bonheur insondable. Aurélie est là, elle aussi. À côté.

– Salut ! Tu as l'air content d'être là, ça fait plaisir.

– Salut ! rétorqué-je. Carrément. Ce cours est mon préféré.

Elle hausse un sourcil avec un air surpris.

– Ah bon ? Tu as quoi d'autres, comme cours ?

– Normalement, je suis en économie.

– C'est vrai qu'on voit beaucoup de têtes, dans ce cours.

Et enfin, le cours peut commencer. Il n'y a pas plus reposant.

Jusqu'à ce que mon cœur manque un battement.

Je tourne la tête et c'est là que je l'aperçois. Il est assis en cours. Ses deux grands yeux me fixent.

C'est lui. C'est le Bouloulou. Sur une chaise près de la mienne.

Ce n'est pas possible. Personne d'autre ne le voit, donc ? Suis-je le seul ?! Tout à coup, ma respiration s'accélère.

– Ça va ? demande Aurélie.

Je hoche la tête. Laconiquement.

– Ouais.

Je tente de reprendre mes esprits. Non. Pas jusqu'ici. Il ne peut pas me suivre jusque-là. C'était censé être mon moment à moi. Un moment de répit. Pas d'angoisse.

– Tu n'as pas l'air bien ? Tu veux sortir ?

– Non, ça va aller. Merci. Tu... tu ne vois rien ?

Aurélie tourne la tête dans la direction où je regarde, puis hausse un sourcil.

– Voir quoi ?

Si elle pouvait voir ce monstre, c'est sûr qu'elle me le dirait. Il est si terrifiant que personne ne peut l'ignorer. Mais pourquoi passe-t-il sa vie à me tourmenter moi ?! Depuis ce jour où je l'ai rencontré dans le placard, plus rien n'est comme avant.

Bouloulou

D'aussi loin que je m'en souvienne, désormais, il a toujours été là. Sur mes traces. À chaque instant, autour de moi, d'une manière ou d'une autre.

J'ai passé ma vie à le fuir, mais désormais, je crois que je dois l'affronter. D'une manière ou d'une autre. Je dois me libérer de son emprise. Je dois combattre mes démons.

Parce qu'une fois de plus, il m'a suivi.

Une fois de plus, il veut me prendre ce que j'ai de plus cher.

Une fois de plus, il veut m'arracher le bonheur que j'ai si durement acquis.

Je vais affronter le Bouloulou. Je trouverai un moyen.

Parce que ses yeux me glacent lorsqu'ils se posent sur les miens. J'en ai des frissons.

Et bon sang… mes mains tremblent.

Mais je me mets quand même à dessiner.

Chapitre 3

Passé

Le dessin n'en finit pas. J'adore manier le crayon. Le gris, mais aussi ceux de toutes les couleurs. Dans la vie, dessiner, c'est ce que je préfère. Même si la maîtresse n'aime pas beaucoup ça et qu'elle me gronde, le plus souvent. Ce qu'elle attend de nous, c'est plutôt qu'on fasse des mathématiques, ou du français. Elle est sévère. Mais dans la salle de classe, il y a de jolies choses, aussi. Comme des dessins accrochés aux murs, ou suspendus en banderoles près des larges fenêtres qui donnent sur la cour.

Je m'applique sur les contours, parce que je ne dois pas dépasser. Si je veux pouvoir offrir le dessin à maman et qu'elle le colle sur le frigo avec un magnet, il doit être beau. À chaque fois, papa dit que ce n'est pas une bonne chose, que je sois passionné par ce genre d'activité. Il préférerait que j'étudie plus sérieusement. Il dit que ça commence dès le plus jeune âge. Qu'on ne peut pas négliger les études, quel que soit le degré.

Alors, à chaque fois, ils se disputent, avec ma mère. Elle lui rappelle que je ne suis qu'en primaire, et il lui crie que l'année prochaine, j'entre au collège et que je dois commencer à être sérieux.

Adrien est déjà au collège, lui…

C'est un grand. Il n'arrête pas de le dire.

J'aimerais bien qu'il comprenne que j'aime le dessin. J'ai toujours aimé ça. C'est ce que je préfère, dans la vie. Avec maman et Samira, bien sûr.

De toute façon, c'est toujours pareil. Je n'ai jamais le droit de rien, à la maison.

– Alexis ! gronde la maîtresse. Qu'est-ce que tu fais ?

J'ai envie de répondre, mais il n'y a que des murmures qui s'échappent de ma bouche. J'aimerais lui dire que j'écoute quand même la classe, mais elle ne me croirait pas. Je sens que je vais encore devoir recopier des lignes.

– Je… j'étais en train de…

– Il dessinait, maîtresse, cafte un camarade.

Ça, ce n'est vraiment pas sympa.

Furieuse, elle s'approche de moi et me confisque le dessin en l'arrachant de sur ma table – sous les rires moqueurs de mes camarades.

Je fais la moue et j'ai envie de pleurer, mais je me retiens. Si je pleure, ce sera encore pire. Ils vont encore plus se moquer de moi.

Je dois être fort.

Mais je sens les larmes qui coulent quand même.

– Non, non, Alexis, tu ne commences pas à pleurer, lance la maîtresse. Aujourd'hui, on a quelque chose d'important à faire, les enfants. Qui s'en souvient ?

Tout le monde est bien habillé. Moi, je m'en souviens, mais je n'ai pas envie de le dire.

C'est une fille de ma classe qui lève la main.

– La photo.

– Exactement ! La photo. Donc, pas de pleurs. Je ne veux pas voir des visages tristes, aujourd'hui. On finit l'exercice de mathématiques et ensuite, on va tous dans la cour pour la photo.

Je n'ai pas envie de prendre la photo. Moi, je voulais juste finir mon dessin.

Une fois que l'exercice est terminé, la maîtresse nous fait tous sortir en rang. Deux par deux.

Nous allons dans la cour de l'école, où un homme bien habillé est déjà présent. Il a un super gros appareil photo entre les mains et il sourit. Il a l'air content d'être là.

La maîtresse est en train de discuter avec lui des derniers détails.

– Donc, vous avez une idée de la date de publication ?

– Oh, aucune, je suis vraiment désolé. Ça dépend de la rédaction, mais je m'assurerai que ce soit fait assez vite. La région veut voir à quel point ses petits élèves sont beaux et bien éduqués !

Elle hoche la tête. Elle a l'air de se perdre dans ses pensées. Comme si, tout à coup, quelque chose avait perturbé sa tranquillité.

Mes parents m'ont prévenu, ce matin. Ils m'ont fait porter mon beau pull bleu, parce que c'est un jour important. Notre photo va passer dans toute la ville. Ils m'ont dit qu'un journaliste allait venir. Apparemment, nous avons eu de la chance, parce que tout notre arrondissement de Paris était en compétition pour cette fameuse photo.

Pourtant, ce n'est pas grand-chose. Si ?

– Je vous tiendrai au courant rapidement, ne vous inquiétez pas.

La maîtresse acquiesce une fois de plus. Elle a l'air un peu contrariée, puis elle nous demande de nous mettre de telle façon que nous puissions tous apparaître sur la photo. Les plus grands derrière et les plus petits devant.

On ne peut pas dire que ce soit flatteur pour moi, qui suis devant.

J'en ai marre ! J'aimerais mieux être grand comme Adrien.

Dans la cour de récréation, tout semble calme. Le temps est suspendu à l'attente du cliquetis de l'appareil photo du journaliste. Il nous regarde et semble nous jauger. Comme si quelque chose n'allait pas.

Et moi, dans un coin de la cour, je l'aperçois. Il est là. Il me regarde avec un air mauvais. C'est *lui*.

Depuis cette fois dans le placard, chez mamie, il me suit partout. Le monstre n'a jamais voulu me lâcher. C'est comme s'il décidait d'apparaître à chaque fois pour me terrifier.

Il est moins grand que d'habitude, mais il prend de nombreuses formes, comme s'il cherchait à se fondre dans la masse. J'ai l'impression qu'il est invisible aux yeux des autres. Il n'y a que moi qui suis capable de le voir et de remarquer à quel point il est dangereux, avec son regard inquiétant. Il ne me lâche pas. Comme s'il avait envie de m'intimider.

Et ça fonctionne.

À chaque fois, je baisse les yeux, puis les replonge dans les siens, juste pour voir s'il a disparu entre-temps.

Mais ce n'est pas le cas.

J'en tremble de peur. Je sens de la sueur qui dégouline depuis mon front. Alors, je suis le seul ? Le seul qui le voit ? J'aimerais que tout le monde se rende compte...

– Alexis, tiens-toi bien, gronde la maîtresse.

– Mais... mais...

– Arrête !

Pourquoi personne ne le voit ? Pourquoi personne ne fait rien ?

Il me donne des frissons dans le dos. Il est là, à me regarder comme s'il allait se jeter sur moi et me dévorer.

Mais je remarque quelque chose d'étrange. Par moments, le photographe jette aussi des regards dans la direction de ce monstre. Comme si... lui aussi le voyait.

Je fronce les sourcils.

Ce serait possible ? Il pourrait le voir ? Il serait comme moi ?

J'aimerais tellement savoir ce qu'il se passe dans sa tête, là, maintenant ! Mais je me contente de ne pas bouger, pour qu'il puisse prendre sa photo. Il en prend plusieurs, d'ailleurs. Et entre chacune d'entre elles, il jette un œil en direction du Bouloulou, un peu plus loin.

Il a l'air inquiet...

Et une fois que les photos sont passées, je me rends auprès de la maîtresse pour lui tirer la manche.

– Qu'est-ce que tu as, encore, Alexis ?

J'ai envie de lui en parler, mais je ne suis pas sûr… elle pourrait raconter tout ça à mes parents. Ça pourrait devenir toute une histoire.

– C'est quoi, là-bas ? demandé-je.

Elle regarde en direction du Bouloulou – que je pointe du doigt –, mais elle secoue la tête.

– Eh bien quoi ? Je ne vois rien de spécial.

C'est confirmé. Je suis le seul à le voir.

Et cette créature ne me lâchera jamais.

Jamais…

Chapitre 4

Présent

Paris est la plus belle ville du monde. Aucun coin ne ressemble à un autre. Et ce soir, c'est la fête ! Les cours sont terminés et j'ai envie d'en profiter un peu, parce que j'ai la tête sous l'eau depuis des semaines, avec tout le travail que j'ai à abattre. Non seulement il y a les cours, mais en plus, il y a la pression, de manière générale.

Je passe près des grands canaux, je contemple l'eau de la Seine, je me conforte dans la magnificence des bâtiments haussmanniens, autour, et j'inspire un grand coup. Il y a un beau chat, roux et tigré. Je m'approche de lui pour le caresser, mais au moment où j'avance dans sa direction, il hérisse le poil et feule.

J'ai l'impression d'être un imposteur, parfois. Un menteur. Et avec le temps, je suis devenu paranoïaque dans de nombreux aspects de ma vie. Personne ne sait ce que ça fait de vivre traqué en permanence. D'avoir un monstre qui vous colle à la peau et d'être le seul à le voir. De ne pouvoir en parler à personne, à part...

Lui.

Mais nous n'avons pas parlé depuis un moment, avec Adrien. Le Bouloulou, ce monstre... il a toujours refroidi les choses, entre nous. D'aussi loin que je m'en souvienne, tout est de sa faute. S'il ne m'avait pas enfermé dans le placard ce soir-là... jamais je n'aurais été maudit de cette façon. Parce qu'il n'y a que cette explication. Je suis maudit. On m'a jeté un sort et désormais, cette créature m'en veut et elle me traquera jusqu'à la fin de mes jours.

S'ils savaient ce que ce monstre m'a forcé à faire...

Je n'ai jamais pu connaître l'insouciance. La simple jouissance d'être heureux, en vie, et de sortir dans la rue sans avoir peur de le croiser au détour d'une rue. Parce qu'il est fourbe. Vicieux. Il est là en permanence, tapi dans l'ombre, à me regarder avec ses grands yeux vides, comme s'il allait me sauter à la gorge.

Mais pas ce soir.

Pas cette fois.

Je n'ai pas envie de le laisser gagner, alors j'attends devant l'université, téléphone en main.

Texto à Aurélie.

Tu arrives ?

Je sors de cours, là

J'ai hâte de la voir. À chaque fois, elle me remonte le moral.

Toutes ces histoires ont fait de moi quelqu'un d'assez seul. Je me méfie de tout et de tout le monde, mais pas d'elle.

J'ai bien quelques amis, mais c'est pareil : nous avons du mal à nous voir. L'université, ça sépare davantage les gens que ça ne les rapproche. Nous n'avons plus vraiment de potes, dans ces milieux : ce sont des connaissances qu'on est obligé de côtoyer pour ne pas être complètement isolé.

Franck, Jérémy, Lucas et Arthur. Ils sont en bande, lorsqu'ils arrivent.

J'ai l'impression de ne pas les avoir vus depuis une éternité.

– Comment ça va, mon pote ? lance Arthur en me donnant l'accolade lorsqu'il arrive à mon niveau.

Je lui réponds par un sourire et une tape dans la main.

– Bien. Et toi ?

– Tout le monde va bien.

Les autres hochent la tête et je comprends qu'ils n'attendent plus que moi. OK, j'aurais peut-être dû les mettre au courant que ce soir, je ne sortais pas seul avec eux. J'ai envie de leur présenter Aurélie. Elle commence à compter, pour moi, et je crois que c'est le bon moment.

– Bon, on y va ? demande Lucas. J'ai envie de boire un coup, moi !

– Attendez !

Je les retiens en restant appuyé contre le mur de la fac.

– Qu'est-ce que t'as ?

– On attend encore quelqu'un.

Là, franchement, ils tirent des têtes de six pieds de long, l'air de ne pas comprendre.

– Qui ?

– Une amie.

– Ahhh... une amie, hein ? s'amuse Franck. Ouais, je vois.

– Je croyais qu'on faisait une soirée entre nous, râle Arthur.

– Ça va, mec, détends-toi. Je t'assure qu'elle est super sympa.

Ouais, j'aurais dû leur en parler. Parce que nous ne faisons pas de soirées « traditionnelles » comme les gens normaux, entre guillemets. Nous avons un petit côté geek pas vraiment assumé, et c'est vrai que ce qu'on aime, c'est traîner dans les bars à jeux, ou dans les cybercafés, histoire de jouer à fond et de s'amuser toute la soirée – voire une bonne partie de la nuit. Donc, forcément, quand j'en ai parlé à Aurélie, je n'étais pas sûr de sa réponse. Mais pour mon plus grand bonheur, elle m'a répondu qu'elle était fan de jeux vidéo et qu'elle avait même un bon classement sur *Valorant*.

Là, j'ai cru que j'allais directement lui tomber dans les bras. Elle est parfaite.

Et puis, on se comprend bien. Aurélie m'aide à voir la vie différemment. C'est une artiste ! Elle est tout ce que j'aurais voulu être et je suis tout ce qu'elle ne comprend pas : un type qui s'enferme dans des études qui ne lui plaisent pas.

Ah, si elle savait ce que je vis, chez moi…

Enfin, quand j'y suis. Je n'ai pas vu ma famille depuis une éternité et moins je la vois, mieux je me porte.

Ce qui m'amène à cet emploi du temps si chargé. Il y a les cours, bien sûr, et puis aussi le petit job que j'ai à côté. Je ne veux pas dépendre de mes parents. Pour rien. Je détesterais ça, parce qu'ils seraient en droit d'exiger de moi que je me comporte de telle ou telle façon et ce n'est absolument pas ce que je souhaite.

Lorsque Aurélie arrive, son sourire m'enchante tout de suite.

– Bon, les gars, vous ne déconnez pas, OK ?

– Tu sors avec elle ?

– Non. Enfin. Pas encore. Enfin... j'aimerais... c'est un peu flou, d'accord ?

Ils acquiescent en se moquant un peu de moi. Je les connais, ils seront sympas.

Après de brèves présentations, nous nous dirigeons vers les bars à jeux les plus animés du quartier. Ce soir, je suis là pour me détendre à cent pour cent.

Mon psychologue m'a dit que ce serait une bonne chose, pour moi. Je vais le prendre au pied de la lettre.

– Ils sont supers, tes potes, lance Aurélie en me souriant.

Je lui rends son sourire avec toute la sincérité du monde. Elle ne s'en rend pas compte, mais elle est un peu d'espoir et de lumière dans un monde qui, depuis ce jour, dans la commode du grenier de ma grand-mère, n'est devenu que ténèbres et angoisses.

Et enfin, nous arrivons près de la salle d'arcade. Elle est un peu défraîchie, mais elle devrait faire l'affaire. Si on oublie les types qui se battent devant et l'ambiance passablement malsaine qui se dégage de l'extérieur. Mais passons.

Dans la salle de jeu, l'ambiance est au beau fixe, au moins, et nous pouvons nous installer sur de belles machines colorées. Dans un premier temps, je décide de faire une partie avec Aurélie. Un bon *Mario Kart*, mais dans de vrais karts. Ça, c'est génial !

Ça me rappelle quand j'étais petit. Le côté un peu rétro.

– Je te préviens, se vante-t-elle, je suis plutôt douée.

Je m'installe au volant de mon bolide.

– Vraiment ? On va voir ça.

Entre deux carapaces vertes, nous avons l'occasion de parler.

– Je suis contente que tu me présentes tes amis.

– C'est vrai ? Ça me fait plaisir aussi.

– Tu n'as jamais parlé d'eux, avant.

Parce que je ne parle de personne. Je ne veux pas la mettre en danger. Elle ne sait pas quel genre de monstre me court après.

– C'est vrai. Désolé, je suis assez… assez solitaire, d'habitude.

Pour seule réponse, elle m'envoie une carapace rouge à l'arrière du bolide et je perds deux places.

– Pas tant que ça, si ?

Je contiens ma frustration, puis souris.

– Disons que je ne parle pas beaucoup à ma famille et que j'ai peu l'occasion de voir mes amis, alors…

– Sans indiscrétion, qu'est-ce qu'il s'est passé, avec ta famille ?

Oh, c'est très simple : mon frère m'a enfermé dans une armoire quand j'étais petit et depuis, un monstre me suit partout. Il ne veut pas me lâcher et je suis victime d'une horrible malédiction dont je ne sais comment me débarrasser. Je pense que je mourrai jeune à cause de ça et tout mon avenir est remis en cause.

OK, je ne vais pas répondre ça. Mauvaise idée. Au même moment, le serveur laisse tomber un plateau de verres qui se brisent.

Je me tourne brusquement, puis tente de reprendre de la contenance pour répondre à Aurélie :

– On s'est disputés.

– Vraiment ?

– Ouais. Avec mon grand frère.

Peau de banane dans la tronche de Bowser, qui se plante quelques mètres derrière moi.

Yes.

– Vous ne vous parlez plus ?

– Plus beaucoup.

– Tu sais, il m'est arrivé un peu la même chose, avec ma sœur. Et puis, il a suffi d'un texto, d'une soirée, et on s'est réconciliées.

Je doute que ce soit pour les mêmes raisons.

Lorsque la partie se termine et que je finis deuxième – derrière Aurélie –, je me tourne vers elle.

– Un texto, hein ?

Elle me regarde avec de grands yeux pleins d'espoir. On dirait qu'elle cherche à me ramener vers la lumière alors que tout mon être dérive sans cesse vers la paranoïa et les ténèbres.

– Ouais. C'est tout. Rien de plus. Pourquoi tu n'essayerais pas ?

Pourquoi je n'essayerais pas ?...

À cet instant, je n'ai pas envie de la décevoir. J'ai envie qu'elle voie que ses paroles ont de l'importance, pour moi.

Alors, je dégaine mon téléphone et je commence à pianoter sur le clavier.

Salut

Adrien me répond presque immédiatement.

Salut, frangin. On commençait à s'inquiéter un peu

Qu'est-ce qui lui fait dire ça ? Les douze appels en absence ? Les messages auxquels je n'ai pas répondu ? Le fait que je ne passe jamais voir les parents ? Je n'ai plus envie de me rappeler leur existence parce qu'à chaque fois que je pense à Adrien, tout me ramène inévitablement à ce soir-là, et au Bouloulou qui me traque sans cesse depuis.

– Alors ? demande-t-elle en regardant par-dessus mon épaule.

– Eh bien, euh... je ne sais pas trop comment aborder les choses.

Elle hausse un sourcil, puis sourit avec un air candide.

– Il aime les jeux ?

– Ouais. Plutôt.

– Propose-lui de nous rejoindre. Qu'est-ce que tu en penses ?

Bonne ou mauvaise idée ? Je ne saurais trop dire...

Mais à cet instant, je ne suis plus dans la réflexion. Je suis dans l'action.

Je suis au bar à jeux où on allait, avant.
Tu veux nous rejoindre ?
Je suis avec quelques potes...

Il y a quelques secondes de silence, durant lesquelles j'essaye d'analyser intérieurement ce que je viens d'écrire. Je viens vraiment de proposer à mon frère de nous retrouver, alors que... je ne suis pas sûr de le vouloir, finalement.

Mais je dois essayer d'être un peu plus positif. Peut-être qu'Aurélie a raison, finalement. Peut-être que ça pourrait me faire du bien.

Je me mets en route

J'ai le cœur qui bat un peu plus fort lorsque Aurélie, folle de joie, me prend dans ses bras, puis me donne un baiser sur la joue, sous les regards goguenards de mes camarades habituels.

Alors, Adrien va vraiment venir ici. Il va venir jouer avec nous aux jeux vidéo, comme on le faisait avant. Quand on était petits et que rien d'autre n'avait d'importance que de tenir une manette entre les mains.

C'est toute mon enfance qui me revient en pleine figure et, paradoxalement, le Bouloulou, lui, s'il est bien dans un coin de ma tête, ne jaillit pas pour me hanter.

Je vais seulement revoir mon frère.

Moins d'une demi-heure plus tard, il est là et nous avons besoin d'une bonne conversation, lui et moi. Mais avant de nous installer au bar rétro – qui propose des cocktails avec des noms d'attaques de *Street Fighter*, il me propose carrément une partie.

– Tu prends quel perso ? demande-t-il.

Ryu. Évidemment.

Il prend Ken et la partie commence.

– Est-ce qu'on va faire comme si de rien n'était ? l'interrogé-je.

– Qu'est-ce que tu veux dire ?

– Qu'on ne s'est pas vus depuis des mois.

– Presque un an, pour être précis. Et encore, c'était par hasard. J'ai eu de la chance de te croiser. Écoute, Alexis, qu'est-ce que tu veux que je te dise ?

Pardon, peut-être ? Qu'il se sent coupable pour ce qui m'arrive ?

Mais je n'ose pas en parler. Parce qu'à chaque fois que j'évoque le sujet du Bouloulou, je passe pour un dingue qui ne sait plus ce qu'il dit. J'ai peur qu'à force, ils m'envoient dans un asile de fous.

– Rien. Tu as raison. Il n'y a rien à dire.

Adrien pose une main compatissante sur mon épaule.

– Écoute... il y a bientôt l'anniversaire de maman. Tu pourrais au moins venir, non ?

Je regarde sa main, puis la retire.

– Je ne sais pas.

– Ça lui ferait vraiment plaisir de te voir.

Je réfléchis quelques instants, en me mordant l'intérieur de la joue.

– Et à moi aussi, insiste-t-il. À tout le monde. Je crois qu'on aimerait tous... redevenir une famille. Qu'est-ce que tu en penses ?

Que cette idée de la famille a été brisée le jour où j'ai rencontré le Bouloulou pour la première fois.

– Adrien, je…

– Je t'en prie. Fais-le pour maman. Fais-le pour moi.

Je peux voir au fond de ses yeux qu'il est sincère. Alors, il aimerait vraiment qu'on renoue le contact.

Un texto, hein ? C'est tout ce qu'il faut, d'après Aurélie…

– D'accord. Je viendrai.

La peur au ventre de le croiser encore. Mais je viendrai.

Chapitre 5

Passé

Sur le chemin du retour, je crains le pire. Comme d'habitude. J'ai peur du bus. J'ai peur de prendre mon vélo, et j'ai aussi peur de rentrer à pied. Parfois, quand j'ose, je demande à mes parents, avant de partir, de venir me chercher le soir. Mais cette fois, c'est par mes propres moyens que je fraye dans les rues de Paris.

J'ai la boule au ventre et je tiens fermement les bretelles de mon cartable, comme s'il allait m'être arraché. Je crois que ça me rassure de le tenir comme ça.

J'ai le souffle court. Au mois de novembre, les nuits sont plus longues. Le soleil est déjà tombé et je presse le pas parce que je suis terrifié.

Et s'il me suivait encore ?

Parfois, je me retourne pour vérifier qu'il n'est pas là. À me suivre dans les ruelles les plus sombres. Parce que j'ai l'impression de croiser son regard ardent partout. Chez l'épicier, chez le vendeur de journaux dans son kiosque, et même chez certains passants, dont les yeux s'attardent un peu trop sur moi, par moments.

J'en tremblerais presque. La simple idée de le croiser me donne la chair de poule et j'ai l'impression de ne pouvoir dire à personne ce que je vis et ce que je ressens. Personne ne me comprend. Même pas Adrien, alors que tout ça, c'est de sa faute.

Je claque la porte de la main lorsque j'arrive, puis m'appuie contre elle. Bon sang, ce que c'est agréable d'être enfin arrivé.

– Tu as passé une bonne journée ? demande Samira.

Je hoche la tête, encore un peu stressé par cette route solitaire.

Elle m'aide à retirer mon cartable, puis me conduit dans la cuisine, avec elle, pour prendre un goûter.

Tout est déjà prêt : pain grillé, chocolat chaud. J'ai tout ce qu'il me faut et, petit à petit, mon esprit commence à s'apaiser.

Je retrouve une ambiance plus sereine, dans notre grand appartement bien décoré.

– Tu as bien travaillé, à l'école ? lance ma mère.

Elle a l'air radieuse, aujourd'hui. Je me demande ce qui la met dans un tel état de joie.

– Ton frère a ramené un vingt sur vingt, regarde, on l'a accroché sur le frigo.

Ça y est, je comprends mieux.

Encore et toujours Adrien le parfait, qui ne peut pas s'empêcher de ramener tout à lui en permanence. Bien sûr qu'il a de meilleures notes. Lui, il n'est pas embêté toute la journée par une créature qui le suit et risque de lui tomber dessus à chaque instant.

Je ne suis pas sûr que qui que ce soit puisse comprendre ce que ça fait d'être une victime. Une proie qu'on traque. À chaque fois que je me réveille, j'ai l'impression d'être un lapin, en forêt, poursuivi par un chasseur. Et à chaque fois, mon but est de rentrer jusqu'à mon terrier en un seul morceau, en évitant qu'il ne me déchiquette.

Puisque je ne réponds pas, elle poursuit :

– Tu as des devoirs ?

– Un peu.

– Alors viens, on va les faire ensemble.

Je termine de manger et m'installe avec elle sur la petite table de la cuisine.

Mathématiques, français, anglais... j'ai en fait tellement de devoirs que je ne sais plus où donner de la tête.

Lorsque je sors mes copies, un dessin tombe de ma pochette.

– Qu'est-ce que c'est ? demande ma mère en le ramassant.

Je vois qu'elle tire une drôle de tête. Elle fronce les sourcils, puis retourne le dessin dans tous les sens, comme si elle cherchait à en comprendre la signification.

Et puis, à la suite de la surprise, vient l'inquiétude.

– C'est toi qui as fait ça ?

Je hoche la tête.

– C'est...

– Qu'est-ce que c'est que ça, Alexis ?

Le Bouloulou.

Dans toute sa splendeur. Maléfique, malveillant, horrible. Un monstre défiguré prêt à avaler quiconque se mettra en travers de sa route. Ses deux grands yeux brillants, comme s'il y avait des flammes à l'intérieur, semblent traverser la copie, tant ils paraissent réels.

– C'est le monstre dont je t'ai déjà parlé, murmuré-je d'une voix honteuse.

Je sais que mes parents n'aiment pas quand je parle du Bouloulou. Ils ont relégué cette histoire au rang de « cauchemars enfantins honteux » qui n'ont plus leur place quand on entre dans la préadolescence et qu'on arrive au collège.

– Ça t'arrive souvent de dessiner ça ?

Oui. Parce que c'est mon seul moyen d'extérioriser ce que je ressens.

En silence, ma mère se lève, comme si elle était tout à coup prise d'un malaise, et je l'entends se rendre dans le bureau de mon père.

Curieux, je colle mon oreille contre la porte.

– Il a dessiné son monstre. Regarde.

Elle a la voix triste. Comme si, au final, c'était moi, le monstre. Comme si je n'étais pas normal et que tout mon comportement était un problème.

– Encore ? Ça fait des années qu'il dessine cette saleté. Qu'est-ce qu'il a dans la tête, ce môme ?

– Ne sois pas si dur avec lui, Franck. Il… Je crois qu'il est terrifié.

J'entends que mon père se lève, puis un bruit de papier qu'on froisse.

– Terrifié, hein ? Je vais lui apprendre à être terrifié par un monstre imaginaire, moi. Il a douze ans, Christelle, merde ! Ce n'est pas normal !

– Qu'est-ce que tu voudrais qu'il fasse ? On devrait peut-être l'emmener voir un psy, ou je ne sais pas…

Un psychologue ? Ça y est… ils me prennent pour un dingue.

Mon père va encore me regarder comme si j'étais une déception. Il est déjà dur avec moi, mais il le sera encore plus. À chaque fois que je croise ses yeux, tout ce que j'ai l'impression de voir à l'intérieur, c'est que je ne suis rien d'autre qu'un raté. Un avorton qu'il aurait mieux aimé ne jamais voir naître. Il n'est jamais heureux pour moi. Il est toujours contrarié. On dirait qu'il garde une colère, au fond de lui, à mon égard. Une rancœur. Je ne sais pas si un jour nous parviendrons à crever cet abcès.

– Un psy ?! Mon fils ne va pas voir de psychologue, Christelle, tu m'entends ?! Il va affronter ça comme un homme. Ce n'est plus un gamin. Il ne peut plus se cacher dans tes jupes ou celles de Samira. Je veux qu'il se bouge ! Je veux qu'il travaille et qu'il apprenne à vaincre ses peurs !

Je recule de devant la porte, puisque j'entends des pas pressés.

La porte s'ouvre sur la silhouette colérique de mon père, qui me regarde comme si j'étais un moins que rien.

– Et tu écoutes aux portes, maintenant ?

– N-non, je…

– Alors tu as dû entendre ce que j'ai dit à ta mère. Tu arrêtes tout de suite avec ces dessins à la con. Ça suffit. Tu vas te comporter en homme, maintenant. Je ne veux plus entendre parler de ce... de ce...

Il tourne la tête vers ma mère, comme si elle allait lui rappeler le nom du monstre qui me terrifie tant. Mais c'est moi qui prends la parole.

– Bouloulou.

– Voilà. Ce... Bouloulou. En plus, écoute ce nom. Non mais franchement... c'est ridicule ! Et tu as peur de ça ?

Il défroisse le papier et me l'agite sous le nez.

– Hein ? Réponds, Alexis !

– Arrête de l'agresser, Franck. Ça ne sert à rien...

– Notre gamin est dérangé et tu dis que ça ne sert à rien ? Tu prends encore sa défense ?! Tu vois bien qu'il va droit dans le mur, là !

– Il n'a que douze ans.

– C'est déjà trop vieux pour ces bêtises !

Ce soir, depuis le fond de ma chambre, j'ai repassé cette dispute en boucle, dans ma tête. Les images repassaient comme une vieille salle de cinéma qui rejoue les mêmes films. Je voyais mon père articuler ces mots cruels. Tout ce qu'il a dit. Et à chaque fois que j'y songe de nouveau, les mots me heurtent de plus belle et me frappent comme si mon géniteur m'avait vraiment mis des coups.

Pourquoi ? Pourquoi est-il si méchant ?...

Alors, je me mure dans le silence et dans le dessin. Mais je ne dessinerai plus le Bouloulou. Ou alors, en cachette.

Les jours, les semaines et même les mois qui suivent, je me trouve de nouveaux héros à dessiner. De nouvelles inspirations.

Bien sûr, il y a *One Piece*. Je me plais à dessiner les personnages de la même façon que Eiichiro Oda. Il y a aussi *JoJo's Bizarre Adventure*. Je me trouve de nouveaux modèles en essayant tant bien que mal d'oublier l'influence du Bouloulou, sur ma vie. Ou au moins, de l'affronter comme un homme.

Comme l'a dit mon père.

Pourtant, je sens qu'il est là. Non loin. Même si je tente de le chasser de mon esprit, il rôde toujours dans l'ombre. Prêt à jaillir. Et oublier un problème ne le fait jamais disparaître.

Cela lui laisse juste le temps de devenir encore plus puissant…

Chapitre 6

Présent

Je fais tinter ma fourchette contre mon assiette, les yeux plongés dans ce qui ressemble davantage à un hachis parmentier qu'à ce que cela en est.

Depuis que Samira est partie, il y a longtemps de cela, la cuisine n'est plus du tout la même, à la maison. Et je n'étais pas revenu depuis un long moment. Alors, je n'avais pas eu l'occasion de constater ça par moi-même.

Mais le plat n'est pas le problème. Loin de là.

Nous sommes autour de la table. En famille. Mais nous ne sommes pas vraiment une famille. Nous n'en sommes plus une, plutôt.

Samira, c'était ma famille. Mais du jour au lendemain, quand nous sommes partis faire nos vies, avec Adrien, forcément, mes parents n'avaient plus autant besoin de ses services. Alors, ils l'ont congédiée pour reprendre une vie à deux. Uniquement à deux. Samira est partie dans le plus grand secret, sans que j'aie eu le temps de lui dire au revoir. Elle nous avait appris beaucoup de choses. Elle nous racontait toujours des histoires...

Et je lui en veux un peu pour ça. Surtout la fois où elle a raconté l'histoire du Bouloulou. J'étais terrifié. Et j'étais aussi loin d'imaginer que ce monstre me suivrait tout le reste de ma vie.

Nous avons échangé quelques messages sur les réseaux sociaux, mais rien de plus. C'était une disparition silencieuse. Une femme qui avait marqué ma vie et qui en sortait, sans que cela semble poser de problème à personne.

Et pour le moment, personne ne parle. C'est le silence le plus absolu, à table. Pourtant, c'est l'anniversaire de ma mère et aucun d'entre nous ne semble heureux.

Est-ce le Bouloul ou qui, à ce point, a rongé le bonheur dans notre famille ?

Il pèse si lourd sur mes épaules depuis longtemps qu'il a fini par affecter tout le monde, d'une manière ou d'une autre. Pourtant, ce ne sont que quelques regards échangés, mais ils sont lourds de sens. Je vois dans leurs yeux qu'ils sont déçus. J'ai l'impression qu'ils me détestent.

Mais ce soir, je suis là. Comme me l'a demandé Adrien. Je crois que je suis là pour lui. Surtout pour lui.

J'imagine que je devrais remercier Aurélie pour ça. Ou peut-être pas.

– Personne ne va parler, alors ? lance Adrien.

Mon père a vieilli. Depuis que nous sommes partis, il ne cesse de grossir. Ses traits se tirent et il devient plus bougon encore qu'avant.

– Qu'est-ce que tu veux dire ? demande-t-il.

– Bon anniversaire maman ?

Notre géniteur lève les yeux et les fait rouler, comme s'il s'agissait d'une corvée.

– Bon anniversaire, chérie.

Et puis, silence de nouveau. La tension est palpable. Je peux presque la sentir et la toucher, tant elle est présente.

– Est-ce que notre fils prodigue a des nouvelles à nous annoncer ?

Bien sûr, il parle de moi. Et c'est avec une ironie à peine dissimulée, en plus.

– Non. Aucune nouvelle.

– Arrête, rétorque Adrien. Il a des trucs à raconter : tiens, vous savez qu'il a une copine ?

J'ai envie de lui balancer un grand coup de pied sous la table. Finalement, rien ne change, même quand on grandit : les aînés aiment bien se mêler de ce qui ne les regarde pas et mettre la honte aux cadets. C'est toujours comme ça.

À mon âge, on pourrait légitimement se dire que je ne devrais pas avoir honte de parler du fait que je sois en flirt avec quelqu'un. Mais c'est différent, dans ma situation. Je suis toujours cette boule de nerfs. Cette boule de stress. Celui qui ne sort pas de sa chambre étudiante la plupart du temps et qui a peur de tout ce qui bouge. Alors, forcément, m'ouvrir ne serait-ce qu'un peu et parler de mon entourage à ma famille... ça me terrifie. Ça me bloque même.

– Ferme-la, grincé-je entre mes dents.

– Ça va, oh... Tu es susceptible, frangin.

Oui, il y a longtemps que je n'avais pas assisté à un repas de famille comme celui-là et je ne suis pas sûr que ça m'ait manqué. En fait, non : je suis certain que ce n'est pas le cas. Parce que rien n'a bougé, entre ces murs. La seule chose qui ait changé, finalement, ce sont mes parents. Ils ont vieilli et c'est tout. Les murs sont toujours les mêmes, la déco est similaire, la télé s'est un peu modernisée, mais elle est à la même place et je suis presque sûr que si je me rendais dans la cuisine, je trouverais la même foutue vaisselle de mariage au même foutu endroit.

– Il l'a toujours été, va, laisse tomber, grogne mon père.

– Franck !

Une fois de plus, il roule des yeux. Il va finir par se les coincer, s'il continue.

– Si. J'ai un truc à annoncer, avoué-je.

Là, tous les regards se tournent vers moi et ma mère me sourit.

– On t'écoute, mon chéri.

– J'aime l'art. Je trouve ça passionnant.

Troisième round pour les yeux de mon père. Une petite prière pour qu'ils restent bloqués, mais je n'ai pas dû prier assez fort.

– Bah voyons ! Et alors ? Tout le monde aime la musique. Ce n'est pas une vraie passion.

Évidemment. Je ne m'attendais pas à autre chose qu'à être dénigré.

– Je n'aime pas ça. J'adore ça. C'est... c'est une vraie passion.

– Il a toujours dessiné, c'est vrai, concède ma mère.

– Des trucs moches. Pas vrai, frangin ?

Une fois de plus, j'ai envie de lui dire de la fermer, parce que quand je vois toute cette famille, autour de la table, avec toute la toxicité dont elle est capable, j'ai seulement de la peine pour ma mère qui en est déjà à son deuxième verre de vin parce qu'elle est obligée de tout supporter.

Comment recoller les morceaux ?

Comment réparer ce qui a été brisé par cette entité, qui flotte au-dessus de nous ?

La vérité, c'est que ce n'est pas le Bouloulou qui a détruit notre famille, dans leur tête, mais ma maladie mentale. Pour eux, je suis fou, et c'est ce qui nous a tous éloignés les uns des autres. Je sais qu'au fond d'eux, ils m'en veulent un peu pour ce que je suis. Ils pensent que je suis un dégénéré et que ma place n'est pas dans une université, mais probablement dans un asile.

Pourtant, tout ça est bien réel.

– Et tu dessines encore ? demande ma mère.

– Oui.

– Tu nous ferais voir ?

J'aimerais bien lui montrer. Mais je crois qu'elle n'apprécierait pas. Et mon père non plus.

– Si tu dessines encore cette saleté de monstre machin chose, là, je te jure que ça va barder..., gronde-t-il en piquant dans son hachis.

– Il s'appelle le Bouloulou. Et il est bien réel.

Ça y est. C'en est déjà trop. Le simple fait d'avoir entendu son nom de nouveau a suffi à le mettre hors de lui dans des proportions que je n'aurais pas imaginées. Il tape du poing sur la table et serre les dents. Il est furieux comme un taureau. Je peux presque voir de larges nuages de fumée sortir de ses naseaux dilatés, tant sa colère est mûre.

– Tu me fais chier avec ce monstre imaginaire, Alexis ! Arrête de dire qu'il est réel, merde ! C'est une invention de ton esprit ! Tout ça, c'est dans ta tête !

– Dans ma tête ?! Tu te fous de moi ? Je suis maudit ! Je le vois partout ! Il me suit dans chaque aspect de ma vie. Depuis que j'ai sept ans, je ne peux pas vivre normalement à cause de ce monstre et tu oses dire que c'est dans ma tête ?!

– OK, OK, ça va, trêve ! coupe Adrien en se levant. Alexis, viens, on va discuter.

Tout en maintenant mon regard dans celui de mon père – comme si je lui adressais un défi silencieux –, je m'exécute et accompagne Adrien dans la cuisine.

Une fois que la porte est fermée, il s'agace tout de suite :

– T'es malade ou quoi ? Qu'est-ce qui te prend de poursuivre avec ce monstre ? Je croyais que tu avais dépassé ce stade, merde !

– Comment tu veux que je le dépasse ? Il me suit partout !

– Mais arrête ! Tout ça, c'est dans ta tête. On était des gosses !

– On était des gosses et c'est de ta faute !

Au lieu de monter en épingle et de continuer dans la dispute, Adrien se frotte les tempes, puis se tient l'arête du nez, comme s'il réfléchissait.

Je vois dans son regard qu'il est malheureux, et même un peu dévasté. C'est lui, le grand frère, et il me regarde avec une pitié que j'ai du mal à encaisser. C'est horrible de sentir son regard plein de dédain sur moi. Une fois de plus, il me voit comme si j'étais un fou.

– OK, bon… est-ce que pour ce soir… juste pour ce soir, Alexis, on peut faire comme si… comme si tout allait bien ?

– Tu veux dire mentir ?

– Je veux dire essayer de passer un bon moment en famille, avec le sourire !

– Il y a longtemps que ce n'est plus possible et c'est à cause de toi !

Adrien pousse un long soupir.

– Écoute… on était des gamins et on jouait.

– Ce n'était pas un jeu. Et si c'en était un, il n'était pas drôle.

– On en a déjà parlé. Tu sais qu'il n'y avait rien dans cette armoire ce soir-là, pas vrai ? Dis-le… dis-moi que tu le sais, au fond de toi.

Je secoue la tête avec certitude.

– Je suis désolé, Adrien, mais je suis formel. Il y avait un putain de monstre et depuis, il me suit. Bordel, pourquoi personne ne me croit ?

– Parce que tu es le seul à le voir ! Tu vas t'en rendre compte, un jour ?

– Le journaliste de…

– Le journaliste de l'école primaire devait sans doute regarder autre chose. Tu as raconté cette histoire des dizaines de fois.

– Je suis sûr qu'il le voyait, lui aussi.

Je vois qu'il a l'air contrarié, mais qu'il prend sur lui.

– Juste ce soir, Alex. S'il te plaît. Tu dors ici ?

– Non. Sûrement pas.

– Ça nous rappellera le bon vieux temps.

– Je n'ai pas envie. Arrête.

– On rebranchera la PS1. Qu'est-ce que tu en penses ?

Là, il me prend par les sentiments. La nostalgie. Cette PS1, c'est bête, mais elle me rappelle une époque où le Bouloulou n'était pas encore là. On jouait tranquillement avant que tout cela n'arrive.

– D'accord. Je vais rester ici.

Chapitre 7

Passé

Les rayons du soleil commencent doucement à filtrer à travers les rideaux. Un samedi matin comme les autres. Je vais pouvoir profiter et jouer à la console toute la journée. Je n'ai pas envie de sortir faire quoi que ce soit et, de toute manière, je crois qu'Adrien a des plans pour aujourd'hui. Ce qui me laisse tout le champ libre pour profiter de la télévision autant que je veux.

Le réveil est calme. Je pousse un long soupir de soulagement en contemplant mes rayons entiers de mangas et de jeux vidéo.

On frappe à la porte de ma chambre et j'ai un immense sourire aux lèvres. J'ai bien dormi. Il est neuf heures du matin et là, je crois que c'est Samira.

– Alexis ? Tu es réveillé ?

– Oui !

– Je t'apporte ton petit-déjeuner, mon grand.

C'est vraiment la meilleure, Samira.

Je vais pour me lever et ouvrir, mais elle me devance et entre, le visage souriant, les bras chargés d'un plateau plein de bonnes choses. Il y a des croissants frais, du pain, de la confiture, un jus d'orange, du chocolat, bref… tout ce qu'il me faut.

Comme j'aime le week-end. Je ne suis pas obligé d'aller à l'école et toute ma conscience semble se relâcher. C'est comme si les soucis n'existaient plus et que, pour un temps, j'oubliais tout le stress du quotidien.

Mais il y a quelque chose d'étrange. La porte est restée ouverte et je discerne une forme, derrière. Et il y a comme une odeur désagréable, qui se mêle aux autres. Une odeur de… de brûlé.

– Tu ne trouves pas que ça sent un peu le brûlé, Samira ?

– De quoi tu parles ?

Alors, elle ne sent rien ? Pourtant, il y a l'odeur… et puis… la chaleur qui s'approche.

Alors, je regarde derrière elle.

– Samira ? Que… qu'est-ce que c'est que… ?

Elle se retourne brusquement, puis lâche le plateau. J'entends les verres se briser au sol et devant nous se déploie le monstre. D'abord, ce n'est qu'une tête, qui passe doucement par l'entrebâillement de la porte, et puis, le monstre grandit : comme s'il avait pris cette forme seulement pour passer.

Maintenant qu'il est dans la chambre, il prend une forme beaucoup plus imposante.

Fini, la lumière du soleil qui filtre par les rideaux. Le Bouloulou est là et il couvre toute la lumière de ses ténèbres. Il me regarde de ses deux grands yeux de feu, avec son sourire plein de longues dents blanches, comme un chat du Cheshire maléfique, et pointe son doigt osseux dans ma direction.

J'ai l'impression que toute ma chair se gèle.

Sans perdre un instant, Samira se met à hurler et décampe à toute allure, me laissant là, seul face au monstre.

Il la laisse filer sans même s'en préoccuper parce qu'en vérité, ce n'est pas après elle qu'il en a. Il m'a clairement désigné. Je suis sa cible depuis tout ce temps et cette fois, il est là pour en finir avec moi.

Cela fait des années qu'il joue avec la nourriture. Qu'il me suit, qu'il me traque, m'épie, me met la boule au ventre à chaque fois que je vais quelque part. Mais aujourd'hui il en a marre. Il en a marre de jouer. Il veut que notre histoire se termine et je suis tétanisé.

Réagis, Alexis, tu vas mourir !

C'est ma conscience qui hurle à l'intérieur de ma tête, mais mon corps reste bloqué, comme si j'étais devenu inerte. J'aimerais courir, j'aimerais crier, mais tout mon être est incapable du moindre mouvement.

Tout ce que je sens, c'est le contenu de ma vessie qui se déverse lentement le long de ma jambe. Cette fois, il est là pour de vrai.

Je dois courir.

Maintenant.

Maintenant !

Tandis que la bête atroce étend son bras pour me saisir, je me déplace sur le côté et me jette au sol.

Ses énormes griffes se plantent dans mon lit et le déchirent comme s'il s'agissait d'un vulgaire mouchoir.

Je dois fuir. Passer entre ses jambes et m'échapper au plus vite. Je dois trouver de l'aide. Je dois leur montrer que tout ça est bien réel !

Ce n'est pas pour rire, cette fois : c'est pour ma vie.

Apeuré, trempé de pisse et larmoyant, je tente de me cacher sous mon lit, dans un premier temps. Je place ma tête entre mes bras, en espérant que quelqu'un vienne à mon secours.

Où sont mes parents ? Où est mon père ? Il verrait enfin que le monstre existe et que je ne suis pas un menteur, ou un fou !

Où est ma mère ? Elle a toujours des tendresses à mon égard et tente de me ménager, mais elle n'est pas là quand j'ai besoin d'elle.

Où est Adrien ? Sûrement déjà parti voir ses copains !

Et c'est justement le moment dont profite le Bouloulou pour attaquer. Je savais que je ne devais pas l'ignorer. Je savais que j'aurais dû continuer d'essayer d'évacuer son image. J'ai enfoui le problème et il est revenu plus puissant que jamais. Je ne l'avais jamais vu aussi grand. Aussi dévastateur. Aussi fort !

Je sens son haleine fétide lorsqu'il plante ses dents dans le matelas de mon lit pour le retirer. Seul, glissant sous les lattes, je me sens comme dans une cage de bois, à affronter son regard.

Il les mord et les détruit avec un fracas monumental et je roule sur le côté pour me glisser hors du lit et tenter de lui échapper.

Deux options s'offrent à moi : la porte ou la fenêtre.

Je n'ai aucune chance, par la porte.

Mais je suis au premier étage.

La peur m'envahit. Je réagis à chaud. Par instinct. Sans même réfléchir.

Je me précipite en direction de la fenêtre et sens son regard me transpercer, dans le dos.

Il m'attrape de sa longue main crochue pour me soulever, tandis que je me débats. Tout ce que je vois, c'est cette grosse bague verte et brillante, qu'il porte au doigt.

– Où. Crois. Tu. Aller ? détaille-t-il d'une voix rauque.

Je m'extirpe de son emprise en frappant de toutes mes forces puis parviens à atteindre la fenêtre. Je ne prends même pas la peine de l'ouvrir et fonce à travers, lorsque je suis réveillé dans un hoquet de surprise.

Je suis en train de m'étouffer dans le noir de ma chambre. Je crois que j'ai poussé un hurlement si puissant que j'en entends encore l'écho à travers les murs.

On vient vers moi. On se précipite, alors, je me glisse sous la couette en tremblant de peur.

– Qu'est-ce qu'il se passe ?!

C'est la voix de ma mère.

– Maman ! Maman, je… il était là ! Le Bouloulou, j'ai…

Mon père est là, lui aussi. Et alors qu'il allume la lumière et me regarde, trempé d'urine, de sueur et de larmes, il secoue la tête avec une désespérance crasse, qui transparaît dans ses yeux déçus.

– Franck ! Bon sang, on doit faire quelque chose !

– D'accord. On va l'emmener chez le psychologue.

Chapitre 8

Présent

Règle numéro 1 : ne jamais oublier qu'il est dangereux. Cette nuit-là, j'ai fait ce rêve. Et il était presque prémonitoire. Si j'ai survécu jusque-là, ce n'est pas pour autant que le Bouloulou s'est uniquement contenté de m'espionner. Loin s'en faut. J'ai déjà été attaqué et blessé, mais j'ai toujours su m'en sortir.

Ce qu'il y a, c'est que je suis le seul à le voir et j'en ai pris conscience. Je suis donc le seul à pouvoir l'affronter. Et en ce moment, le Bouloulou n'est qu'à un seul endroit : mon cours d'art. Il a décidé de me prendre tout ce qui me rendait heureux. Comme s'il se réjouissait de ma peine.

Lorsque je m'installe dans l'amphithéâtre, il est sur l'autre rangée et je l'observe. Il est là pour moi.

Je le sais. Mais pourquoi ici ? Pourquoi maintenant ? Pourquoi, à chaque fois, le mercredi ?

J'ai commencé à mener mon enquête et ces dernières années, ses apparitions ont été plutôt aléatoires. Sauf maintenant. Il est devenu régulier. Au moins ici. Et je ne comprends pas pourquoi. Personne ne peut comprendre ce que ça fait que de toujours se sentir épié. De toujours sentir un œil maléfique par-dessus son épaule. C'est comme une épée de Damoclès, qui pourrait s'abattre n'importe quand et frapper pour m'emporter.

Aurélie s'installe à côté de moi et me fait sursauter.

– Ça va ?

– Ah ! Euh… Ouais. Super.

Elle a les yeux brillant d'excitation. Ce cours, pour elle, c'est toujours un bonheur. En temps normal, pour moi aussi. Mais pas depuis que je sais que cette créature m'y attend.

Ça ne peut pas durer.

Je dois l'affronter. Je dois trouver des réponses.

J'ai mon carnet de notes en face de moi et j'ai indiqué clairement les heures d'apparition du Bouloulou, ainsi que les jours. Je suis précis. Constant. Il n'y a que comme ça que je pourrai le vaincre. Mais puisque je sais que je suis le seul à pouvoir l'affronter, je dois aussi savoir de quoi il s'agit. Et si je suis maudit, alors je dois connaître l'origine de ma malédiction.

Pour guérir d'un mal, encore faut-il savoir de quel mal il s'agit. C'est toujours comme ça.

Et durant tout le cours, j'ai du mal à le lâcher du regard.

– Qu'est-ce que c'est ? demande Aurélie en avisant mon carnet.

Merde.

– Ça ? C'est rien, rétorqué-je en le cachant.

– Ouais, ça a l'air. Allez, montre-moi, on aurait dit des dates.

– Écoute... si je t'en parle, tu vas me prendre pour un fou. Je ne peux, ni ne dois me fier à personne, normalement. Et si c'était un plan, une machination du Bouloulou ? Si je commence à apprécier Aurélie, il finira par s'en prendre à elle, comme à tout ce qui me plaît et me rend heureux !

Elle arque un sourcil avec un air moqueur, en croisant les bras.

– Tu veux dire... plus que maintenant ?

Et moi, je soupire longuement.

– Ouais. Carrément plus, même.

– Alors là, je ne suis pas sûre. Il va falloir m'en dire plus, je crois.

Je m'humecte les lèvres avant de passer aux aveux. Est-ce que je peux vraiment lui faire confiance ?

Est-ce que je peux... vraiment passer pour un dingue auprès d'elle, alors que nous commençons tout juste notre relation ?

Je prends une profonde inspiration, puis lui raconte toute l'histoire dans les moindres détails – en évitant les moments où je me pisse dessus, quand même. Et à mesure que je parle, au lieu de rire, Aurélie a l'air de me prendre très au sérieux. Soit elle fait semblant et c'est une formidable actrice, soit elle est vraiment concernée par ce que je suis en train de lui dire.

– Attends... tu es en train de me dire qu'un monstre te poursuit depuis des années ? Genre... un vrai monstre ?

– Un vrai de vrai. Personne ne le voit et personne ne me croit, donc j'imagine que ça ne sert à rien de...

Aurélie pose sa main sur la mienne.

– Moi, je te crois.

Son geste est tellement réconfortant. Elle n'a pas idée. Elle ne sait pas à quel point sa douceur est salvatrice. Je rêvais de rencontrer un jour une personne qui prenne ce problème au sérieux.

– OK, lance-t-elle en allumant son ordi. Dis-moi à quoi il ressemble, ton monstre.

Alors, je lui décris le Bouloulou : son voile noir, ses dents pointues, ses mains osseuses et crochues... ses longs cils qui passent devant ses immenses yeux de feu et à mesure que je débite, Aurélie tape sur son ordinateur.

– Mmh…

– Quoi ?

– Tu as déjà essayé de… chercher sur Google, simplement ?

– Non. J'ai surtout essayé de trouver un psy qui me convenait. Ou d'éviter les problèmes avec cette créature.

Elle secoue la tête.

– Ce sont des choses dont j'ai déjà entendu parler, Alexis. Certains esprits vivent dans notre monde et ils sont… enfin… ils sont maléfiques, quoi. Ce que tu me décris ressemble à un djinn.

Je fronce les sourcils.

– Un djinn ?

Et tout de suite, elle se met à me citer la définition Wikipédia.

– Les djinns viennent du monde Arabe et des musulmans. Ça dit qu'ils… enfin… qu'ils ne sont pas forcément mauvais. Ils vivraient dans un monde parallèle au nôtre. Dieu, dans le Coran, a créé les hommes de terre, et les djinns ont été faits de feu. Un feu sans fumée.

C'est encore plus terrifiant, mais je crois qu'elle vient de mettre le doigt sur quelque chose.

J'attrape son ordinateur pour regarder par moi-même les images qui ressortent.

– O-oui… c'est… ça ressemble vraiment à ça. Enfin, je crois.

– Il y a forcément un moyen de t'en débarrasser.

Quand je pense qu'Adrien n'a pas fait le quart du tiers de ce que vient de faire Aurélie, j'en ai la colère qui monte !

C'est de sa faute, tout ça, et il n'assume rien. Si je dois affronter un djinn, j'espère bien qu'il sera là pour m'aider et qu'il ne me laissera pas dans la panade, tout seul.

Mais je crois que je viens de trouver une formidable alliée qui me sourit.

– Tu… tu as déjà entendu parler de ce genre de choses, tu as dit ?

– Bien sûr. Tu n'as jamais entendu parler des cas de possessions, ou des exorcismes, des choses comme ça ?

– Si, mais…

– Mais tu pensais que ce n'était que du spectacle pour les idiots ?

Je hausse les épaules parce que, clairement, elle vient de marquer un point, là.

– Un peu, ouais.

– Eh bien moi, je prends ça très au sérieux. Et ce que tu viens de me décrire y ressemble énormément.

Ça peut être très grave, Alexis, tu comprends ? Il ne faut pas prendre ces créatures à la légère. Elles se jouent de toi. Elles sont là pour rentrer dans ton esprit. Tu dois t'en débarrasser au plus vite.

Ça, je m'en doute bien.

Mais enfin, j'ai la confirmation que mon mal est bien réel et qu'il ne s'agit pas d'un jeu de l'esprit. Aurélie y croit et si elle y croit, elle ne sera pas la seule.

Il est temps qu'Adrien assume ses responsabilités, dans cette histoire. Il est temps qu'il me vienne en aide. Lui qui veut tant renouer les relations familiales, c'est aussi à lui de réparer ce qui a été brisé.

– Tu crois que... je vais devoir l'affronter ?

Elle hoche la tête.

– J'en suis même sûre. Et il n'y a que toi qui pourras y parvenir.

– Pas d'aide ?

– Je suppose que si, mais... tu seras le principal combattant, dans cette histoire. Si le djinn a jeté son mauvais sort sur toi, alors tu vas devoir t'en défaire par tes propres moyens. Mais... attends, tu m'as raconté cette histoire avec ton frère. Il n'a jamais... je ne sais pas... pris la peine d'essayer de t'aider ?

– Non. Il n'a jamais pris ça au sérieux. Ni personne dans ma famille, d'ailleurs.

Aurélie a l'air scandalisée.

– Pardon de te le dire, mais ils sont cons. Chacun ses croyances, après tout, mais je crois que quand quelqu'un est en difficulté, peu importe ce qu'il traverse, on se doit de l'aider. C'est normal, tu ne penses pas ?

Alors là, je ne peux pas être plus d'accord avec elle.

De l'aide, ce n'est pas faute d'en réclamer depuis des lustres. Mais je n'en ai jamais obtenu. Le simple fait qu'elle croie à mon histoire est déjà une chance exceptionnelle.

On va s'en sortir.

Chapitre 9

Passé

J'ai mal au ventre. Lorsque j'arrive au niveau du bureau, une grande plaque attire mon attention : Docteur Isabelle Mordat – Psychologue.

C'est une grande porte en bois, avec une petite vitre opaque. On n'entend rien, depuis l'extérieur. Seulement quelques sanglots.

Je ne sais pas pourquoi, mais j'angoisse. Je ne suis pas à l'aise, ici. Un psychologue ? J'ai entendu parler de ça et il paraît que ce sont les fous qui vont dans ces endroits. Et je ne me sens pas comme un fou, même si parfois j'ai l'impression de le devenir, tant je suis nerveux. C'est progressif, chez moi. Ça s'installe. Petit à petit. Comme une maladie qui vous ronge de l'intérieur.

Quand enfin c'est à notre tour d'entrer, j'ai le cœur qui bat à cent à l'heure.

La psychologue a l'air gentille, mais dans l'intimité de son cabinet, je ne me sens pas à l'aise. En tout cas, pas tout à fait. Je jette un œil à mes deux parents, qui commencent à prendre la parole dans tous les sens, pour expliquer pourquoi nous sommes ici.

– Il est terrifié, désespère ma mère. Il passe son temps à... à revenir avec des dessins étranges. Il ne mange pas. Il boit peu... j'ai l'impression qu'il se laisse aller.

Le Dr Mordat hoche la tête, sans dire un mot.

– Il n'y a pas que ça, continue mon père. Vous vous rendez compte ? Il se pisse dessus ! Putain, comme s'il avait six ans ! C'est dingue, non ?! C'est un âge où on commence à s'intéresser un peu à des choses d'hommes, à sortir avec des filles, à jouer dehors, je ne sais pas, moi. Et il passe toutes ses journées enfermé dans sa chambre, à jouer aux jeux vidéo et à lire des... des quoi, déjà ?

– Des mangas, appuie ma mère.

– Voilà. Des mangas. Je vous le dis : ça le rend dingue, ces histoires, et je n'ai pas envie que mon fils soit un taré. OK ? Donc, vous devez faire quelque chose !

Isabelle Mordat hoche la tête derechef, puis me regarde longuement.

– Tu aimerais dire quelque chose, Alexis ?

Je jette un œil à mes parents. Ma mère, inquiète, et mon père, furieux. Aucun des deux ne me donne vraiment envie de parler.

– Tu aimerais qu'on soit seuls ? Juste tous les deux ? propose-t-elle.

Et tout à coup, j'ai l'impression de me rallumer. Comme si elle venait de prononcer les mots magiques. Oh, ça, oui ! J'adorerais ! Je préférerais mille fois parler uniquement en sa présence. À chaque fois que je dis quelque chose, mes parents l'interprètent de travers et je me retrouve dans des situations pas possibles, avec des angoisses qui ne devraient pas être miennes.

– Quoi ? s'insurge mon géniteur. Non, ce n'est pas comme ça que c'est censé marcher. Vous nous écoutez et...

– Monsieur, monsieur... calmez-vous, je vous prie. Tout ce que je veux, c'est que votre fils s'ouvre un peu à moi et qu'il me parle. Or, vous voyez bien qu'il est tétanisé. On ne peut pas avancer dans ces conditions.

Ça n'a pas l'air de lui plaire. Pas du tout même. Mais bizarrement, la douceur de ma mère parvient à lui faire changer d'avis.

Alors que je le sens prêt à exploser de colère, elle lui pose une main sur l'épaule et tout de suite, il s'adoucit un chouïa.

– Bien. D'accord. On attend dehors. Mais ça a intérêt à marcher, votre bazar. Surtout au prix que vous nous coûtez.

Il n'a pas arrêté de s'en plaindre, dans la voiture pour venir jusqu'ici.

« Tu te rends compte ?! Quatre-vingt-dix balles la séance ! J'espère qu'à ce prix-là, elle offre aussi le cocktail avec une tranche de citron, ta psy ! »

Pourtant, ce n'est pas comme si nous n'avions pas les moyens. Mais tout ce qui touche à ma santé ne semble pas préoccuper mon père. Ou alors, si, mais il aimerait que je m'en charge à sa façon. Que je combatte les démons qui logent à l'intérieur de moi comme un homme, et non pas comme une « fillette », comme il le dit tout le temps.

Il aime aussi prendre l'exemple d'Adrien, pour montrer à quel point, lui, il est brave. À quel point il prend sur lui, à quel point il est parfait. Et moi, je suis le loser, à côté.

Une fois que mes parents sont sortis – non sans un dernier regard de travers de la part de mon père –, je sens un poids se retirer de mes épaules. C'est comme si, tout à coup, je parvenais déjà à respirer un peu mieux.

La psychologue attend quelques instants. Comme si elle patientait pour que les énergies négatives de mes parents quittent la pièce à leur tour.

– Bien. Ils sont partis. Nous allons pouvoir parler plus librement.

Elle plonge son regard dans le mien. Dans un premier temps, je n'ose pas prendre la parole quand même, au moins jusqu'à ce qu'elle me pose une question pour briser la glace – ce qu'elle fait presque immédiatement.

– Alors, raconte-moi un peu : qu'est-ce qu'il se passe ?

Je déglutis un grand coup, puis plonge la main dans ma poche pour en tirer un dessin du Bouloulou. Je n'ai plus le droit de les rapporter à la maison, alors je le dessine en cachette et je range mes croquis dans des pochettes que je glisse sous mon lit. Ou alors, dans mon cartable. Dans tous les cas, je ne veux surtout pas que mes parents tombent dessus. C'est moi ou… ça sent le brûlé ? Je fronce les sourcils et fait ostensiblement mine de sentir, mais rien n'y fait. La psychologue ne réagit pas.

– Je peux vous faire confiance ? Mes parents ne voudraient pas que je vous montre ça.

Elle plisse les yeux, puis saisit le dessin.

– Qu'est-ce que c'est ?

Une fois de plus, déglutition. Plus difficile, celle-là.

– C'est un monstre. Il me suit depuis tout petit.

Et comme elle se renfonce dans la chaise de son bureau, comme si j'avais piqué son intérêt, je commence à parler. Elle ne me coupe pas un seul instant. Isabelle écoute attentivement tout ce que j'ai à dire sans jamais m'interrompre, même lorsque je lui parle des attaques du monstre, de ses différentes apparitions et de la présence physique qu'il a dans ma vie. Je lui raconte tout, sans omettre aucun détail. Je veux qu'elle soit au courant de toute l'histoire et que, pour une fois, quelqu'un d'autre puisse me croire. Jamais je ne lui mentionne le nom du monstre. Je ne voudrais pas qu'elle se moque.

– Je vois.

– Alors, docteur ? demandé-je d'une voix tremblante. Dites-moi… comment comptez-vous me protéger de lui ? Quelle est la solution ?

Elle soupire longuement, puis se redresse.

– Le Bouloulou va t'attraper.

Je crois que mon cœur manque un battement et lorsque je relève la tête, le docteur n'est plus là. La gentille Isabelle Mordat, compréhensive et pleine d'empathie, a laissé sa place au monstre que je fuis depuis si longtemps. Il me regarde avec ses deux grands yeux de feu. Il est si près que je peux presque sentir la chaleur des flammes me roussir la peau. J'ai envie de hurler, mais rien ne vient.

J'ai l'impression qu'il sonde mon âme et que je suis en mesure de sonder la sienne en même temps. Je vois toute la violence, toute l'ignominie, abritées dans cet être abject. Et à mesure qu'il sent ma respiration s'accélérer, pour devenir saccadée et étouffante, il sourit de plus en plus. Ses longues dents pointues, blanches comme de l'ivoire, étincellent dans la clarté nette du cabinet. Il est là, en plein jour, et il semblerait que son pouvoir grandisse, tant il s'épaissit et devient difforme, comme à son habitude. Il tourne, se retourne sur lui-même dans un concert symphonique de claquements d'os des plus sinistres.

– Il existe de nombreuses méthodes, pour vaincre des traumatismes comme celui-ci. Ce que je comprends, c'est que tu as été profondément marqué par ton passage dans cette vieille armoire, chez tes grands-parents. Tu étais tout petit, à ce moment-là, et cet événement a pu laisser des traces indélébiles dans ta mémoire.

– Que… qu'est-ce que vous avez dit ?

Isabelle Mordat me regarde avec de drôles d'yeux, comme si je venais de débarquer d'une autre planète.

– J'ai dit que tout cela était sûrement dû au stress, d'une manière ou d'une autre. Mais j'ai une solution pour toi. Tu vas pouvoir appliquer quelques exercices de respiration, avant d'aller te coucher, d'accord ? Ça devrait t'aider à bien dormir. Et si tu sens que le monstre te regarde, ou te suit, tu peux te concentrer sur ces exercices. Tu dois te rappeler, Alexis, que les monstres n'existent pas. Ils sont seulement dans notre tête.

Oh, si… ils existent.

Chapitre 10

Présent

Depuis le fond de mon lit, je scrolle sur mon téléphone. J'ai l'impression que ce cauchemar ne se terminera jamais. J'ai le sentiment que ma vie entière est une lutte sans fin et que la seule libération sera la mort : soit du Bouloulou, soit la mienne.

Message à Aurélie :

Dispo, demain soir ?

Bien sûr. Une idée en tête ?

Juste te voir

C'est mignon

Je souris bêtement, mais au fond, j'ai peur. À chaque fois qu'il m'est arrivé quelque chose de bien, dans ma vie, le Bouloulou est venu me le prendre. Il s'est évertué à détruire chacune de mes passions, chacun de mes rêves, scrupuleusement. Comme si c'était une passion chez lui.

Tu vas mieux ?

J'hésite avant de répondre à sa question.

Pas vraiment

Appelle-moi

Je m'humecte les lèvres, prends un instant pour tenter de calmer mes nerfs, puis l'appelle.

– Raconte-moi, lance-t-elle tout de suite.

– J'ai besoin de toi.

Merde, je vais paraître super bizarre.

Il y a un silence, à l'autre bout du fil.

– De quoi tu as besoin ?

– D'informations. J'ai besoin de comprendre la nature du démon qui m'en veut.

Aurélie semble prendre le temps de la réflexion.

– J'ai une idée, pour demain. Tu me fais confiance ?

– Bien sûr.

– Alors tu vas m'accompagner à une soirée. Je vais te présenter des amis.

J'arque un sourcil, même si elle ne peut pas le voir.

Après tout, pourquoi pas ?

Lorsque nous raccrochons, une partie de ma peur est partie. Je commence à beaucoup apprécier cette fille et forcément, lorsque j'apprécie, j'angoisse, car je sais que le Bouloulou n'est jamais loin, prêt à me prendre ce que j'aime le plus en permanence.

Mais je parviens tout de même à trouver le sommeil.

Le lendemain, la journée passe à toute vitesse. Je suis comme dans un tunnel. Je ne pense qu'à une chose : comprendre pour vaincre. Et quand enfin vient le soir, je retrouve Aurélie, devant la fac.

Lorsqu'elle me voit, elle me prend dans ses bras tandis que, nerveusement, je regarde autour de nous, avec la peur au ventre de trouver le Bouloulou.

– Tu viens ? Ce n'est pas très loin.

– Où est-ce qu'on va ?

– C'est une soirée dans un bar, avec des amis. Tu vas les apprécier, j'en suis sûre.

Aurélie m'emmène à travers les rues bondées de Paris, avec une décontraction qui me plaît. Elle n'a pas l'air tendue. En tout cas, pas comme je le suis.

– Oh, regarde ! Un berger allemand ! Ils sont tellement beaux, ces chiens.

Un point pour elle. Et puis, celui-là est vraiment magnifique.

Elle s'approche pour le caresser et le chien reste docile.

Nous échangeons quelques mots avec la propriétaire.

– Baya adore tout le monde, sourit-elle.

Lorsque je vais pour poser ma main sur le chien, il se met à grogner, et à aboyer.

– Oups… euh… eh bien… sauf vous, apparemment ? Je suis désolée ! Viens, Baya, on y va.

– Allez, ne t'inquiète pas, tout va bien, sourit-elle en me serrant la main. On y est !

Nous entrons dans un bar, dans le dix-huitième. L'endroit est cosy et à peine arrivée, Aurélie claque déjà des bises à tout le petit groupe, qui ne semblait attendre que nous.

– Je vous présente Alexis.

Tous me serrent la main. Je ne suis pas habitué à sortir avec d'autres personnes que celles de ma bande habituelle, alors je suis un peu gêné.

Nous nous installons sur les banquettes. L'endroit est agréable. Typiquement parisien, c'est une sorte de troquet. J'imagine que c'est ce qu'on appelle la vie étudiante – même si je suis un peu mal à l'aise.

Un verre.

Deux verres.

Je commence à me détendre et rapidement, entre la musique et l'ambiance, je me sens à ma place.

– Viens, me lance Aurélie. Je vais te présenter quelqu'un.

Nous nous plantons devant un ami à elle, qui est sur son téléphone. Il relève la tête en souriant.

– Hé ! Alors, la soirée se passe bien ?

– Super ! Dis, Samir, je peux te poser quelques questions ? Enfin, pas moi, mais... Alexis.

Je la regarde avec un air décontenancé. Là, comme ça ? Sans préambule ? C'est un peu direct ! Mais je ne me démonte pas. Simplement, je murmure à l'oreille de mon amie, avec un peu de timidité :

– Mais... pour lui parler de quoi ?

– Du Bouloulou, Alexis. Samir est un expert dans ces histoires. Il adore l'horreur et tout ce qui s'y réfère.

Drôle d'expertise. Mais si ça peut m'aider, je prends.

– Salut, Samir, lancé-je en lui serrant de nouveau la main. Je suis content de te rencontrer.

Aurélie s'installe à côté de lui, en m'invitant à faire de même.

– En fait, on rencontre un problème, en ce moment, poursuit-elle. Et ça va rentrer dans ton domaine d'expertise. Je parle d'un problème d'horreur.

À l'évocation de ce mot, les yeux de Samir pétillent de malice.

Je ne sais pas trop. Je le sens pas. Je ne suis pas certain d'avoir envie de me dévoiler devant un parfait inconnu, mais d'un autre côté, j'ai confiance en Aurélie. J'essaye tout de suite de changer de sujet.

– OK, mais si on buvait un coup, d'abord ?

Samir me présente son verre, mais on dirait de la grenadine.

– Je veux dire, un vrai coup.

– Je ne bois pas d'alcool, désolé, s'amuse-t-il en étirant un sourire. C'est religieux. Alors vous voulez parler d'horreur, hein ?

– Tu t'y connais, toi, en djinn, non ? demande mon amie.

– Bien sûr. J'ai plein d'histoires à ce sujet.

Intérieurement, je commence à grincer un peu.

– Tu es sûre de ton coup, là ? murmuré-je à Aurélie. Ce n'est pas juste une « histoire » pour moi. C'est la vie. La vraie vie.

– Fais-moi confiance.

– Sur les djinns ? Ça, oui, j'en connais un rayon. J'ai une histoire à vous raconter, dans ce cas. Enfin, quand je dis une histoire…

Il ménage son suspense, mais lorsqu'il en parle, son sourire s'évanouit et je sens qu'il ne plaisante pas. Le sujet semble vraiment… l'affecter.

– Cette histoire, c'est celle de mon arrière-grand-père et c'est la vraie vie…

Chapitre 11

1911

La lune est déjà haute dans le ciel. Mais ce n'est pas important. Ce qui compte le plus, ce sont les heures supplémentaires. J'ai besoin de cet argent, pour ma famille. Sans moi, ils meurent. Mais cela n'a jamais été une contrainte. Jamais un combat. Toujours un honneur, au contraire.

Et je me sais chanceux de travailler, même si c'est dans les mines.

Ce soir, il est tard lorsque je quitte le travail.

Je selle mon âne pour rentrer. Ce sera à travers les dunes, pour rejoindre mon village. J'ai de la route, mais le désert est toujours apaisant.

– Allez. On s'en va, lâché-je pour moi-même en montant sur l'âne.

Et déjà, les mines s'éloignent, dans la clarté pâle de la lune.

Pour retrouver mon village, je longe la ligne de chemin de fer, en silence. Avec seulement quelques notes de musique dans la tête.

Il n'y a que moi et le bruit du vent ainsi que le sable qui se soulève et qui me pique les yeux.

Et soudain, une voix. Ou plutôt des sanglots.

Je jette un œil sur le côté et avise une femme. Elle est tout de blanc vêtue, le visage caché entre ses mains. Et elle pleure à chaudes larmes.

Je m'arrête un instant, puis descends de mon âne.

– Madame ? Tout va bien ?

Je n'ai pas de réponse de sa part. Elle continue de pleurer, comme si rien d'autre n'existait autour.

Je ne peux pas la laisser comme ça.

– Madame ?

- Laissez-moi.

- Je peux vous aider ?

- C'est mon fiancé. Nous étions… nous étions en chemin et il est mort. Nous avons eu un accident. Il n'a pas survécu. Qu'est-ce que je vais devenir, maintenant ? On devait se marier aujourd'hui. On était en route.

Elle garde la tête profondément enfouie entre ses mains.

Je me pose quelques instants pour réfléchir et avise la distance.

- Vous ne pouvez pas rester ici, au beau milieu du désert.

- Et où est-ce que j'irai ?

- Venez. Je vous accompagne à mon village. Nous trouverons une solution, là-bas.

Nous ne sommes pas riches. Nous ne sommes pas puissants ni influents, mais en revanche, s'il y a bien une chose qui, pour nous, est intolérable, c'est de laisser les autres dans le besoin. Pas comme ça.

Je refuse.

- On allait se marier. J'allais enfin être heureuse. Je ne m'en remettrai jamais.

Elle a quelque chose d'étrange dans la voix, cette femme. Ses sanglots sont rauques, comme s'ils venaient du plus profond de son âme. Elle est déchirée. Brisée. Détruite. Et chaque parcelle de son être semble le laisser transparaître.

Sa tristesse est un océan dans lequel n'importe quel homme pourrait se noyer.

- Venez.

- Vraiment ?

- Puisque je vous le dis. Vous allez monter sur l'âne et moi, je le tirerai. Je n'ai pas grand-chose, mais ce que j'ai, je peux le partager.

Et, sans un mot, elle grimpe, tandis que moi, j'attrape la sangle de l'âne pour le tirer. Ce n'est pas une sangle, mais une laisse, je crois !

- Vous êtes bien installée ?

- Très bien. Merci.

Et reprends la route, plus déterminé que jamais à ramener cette pauvre femme en lieu sûr. Elle est encore sous le choc, je le sens. Il y a une énergie étrange qui émane d'elle, comme si elle était désormais un puits de peine sans fond.

À mesure que nous progressons à travers les dunes, seulement éclairés par l'énorme lune qui se dresse au-dessus de nous, quelque chose ne va pas. Je le sens. J'ai les poils qui se hérissent et les oreilles de l'âne se redressent.

Il a du mal à avancer.

Il est… de plus en plus lourd. Comme s'il portait un poids bien trop important.

– Allez, mon grand. Un effort.

Mais il n'y a rien à faire. Chaque pas semble plus difficile encore que le précédent, jusqu'à l'immobilisation totale. Il ne parvient plus à avancer. Il est comme… à bout de forces. Et la seule réponse à mes exigences pour qu'il se dépêche est des gémissements sourds, et de freiner des quatre fers.

Je me retourne, pour comprendre, et ce que je vois me fige sur place.

La femme révèle enfin son vrai visage : celui d'un monstre aux yeux de feu. Ses vêtements volent au vent, silencieusement, tandis que son regard me transperce.

– Mais qu'est-ce que… ?

– Regarde-moi dans les yeux, vieil homme. N'as-tu pas peur ?

Je ne vois que la froideur de la mort, en dépit du feu qui brûle au fond de son regard.

– Qui êtes-vous ?

La créature se fend d'un rictus moqueur.

– Je peux devenir ton pire cauchemar. Mais cette nuit, je vais te laisser la vie sauve, car tu n'as pas eu peur de moi. Pas un seul instant.

Je ne réponds rien, car je n'ai pas l'intention d'avoir de la gratitude pour un démon pareil.

– Mais souviens-toi, vieil homme, continue l'entité de sa voix gutturale, je ne serai jamais loin.

Et comme je ne réponds pas, il poursuit en souriant :

– Lorsque tu seras chez toi, je serai là. Lorsque tu sortiras, le soir, je serai là. Toute ta vie, je serai là pour te tourmenter. Pour te rendre fou. Jusqu'à ce que tu me supplies. Jusqu'à ce qu'un jour, tu aies peur de moi.

Et sans autre forme de parole, le djinn se lève, puis s'en retourne dans le désert, aussi silencieusement qu'il est apparu à moi.

Chapitre 12

Passé

Il gâche tout. À chaque fois qu'il touche à quelque chose, elle pourrit. Comme si son empreinte était celle de la mort elle-même et qu'il ne laissait jamais aucune joie, dans son sillage. Le Bouloulou est comme un spectre, comme une enveloppe fantomatique qui me hante jour et nuit et détruit, une par une, toutes les passions qui m'animent.

D'abord, ça a été le sport. Lorsque mes parents, pour me changer les idées, ont décidé de m'inscrire dans un club de foot, tout est allé très vite et dès les premiers entraînements, il était là. Quand il ne se contentait pas de m'observer, il venait carrément sur le terrain pour me terrifier de sa présence. Parfois, il se plantait devant moi. Parfois, il était dans les cages. Le soleil avait beau être haut dans le ciel, la journée pouvait être la plus magnifique du monde, il parvenait quand même à la gâcher par sa simple présence. Sinon, la plupart du temps, il restait là, immobile, dans les gradins, à m'observer. Et il laissait toujours flotter cette odeur de brûlé, que personne à part moi ne sentait.

Je suis en train de devenir fou.

Pourtant, j'aimais le foot. Je trouvais ça chouette de faire du sport. Je commençais à me faire des copains et à apprécier ces moments.

Mais maintenant, c'est terminé.

Et bien sûr, il y a eu l'amour, aussi. Première copine, premiers émois, mais le Bouloulou était là et par moments, c'était comme s'il la remplaçait. Tout est parti en vrille dans un torrent de sanglots, pour moi. Parce qu'elle était là, magnifique, pimpante et l'instant d'après, c'était lui, qui me regardait avec ses yeux de feu.

Allongé dans mon lit, je pleurais à chaudes larmes. Il m'était impossible de me relever. Parfois, j'ai l'impression que ma vie est finie avant même d'avoir vraiment commencé. J'ai le sentiment que je ne serai plus jamais heureux. Quoi qu'il arrive.

Les sanglots encore chauds dans ma gorge, je suis entouré de mes parents, dans le bureau du directeur de l'établissement.

– Non, ce n'est pas possible, s'inquiète ma mère. On sait... on sait qu'Alexis a quelques difficultés, mais il ne peut pas faire autre chose que le lycée général. On sait qu'il en est capable.

Le directeur, un petit bonhomme chauve à lunettes, se renfonce dans son siège en soupirant, puis me regarde.

– Écoutez... les résultats sont vraiment très mauvais. Il a à peine obtenu son brevet. Je pense qu'il serait plus à son aise dans une voie professionnelle tout de suite. Il apprendrait un métier. Il n'y a rien qui l'intéresse ?

– Dites tout de suite que mon fils est con ! grince mon père.

– Pas du tout, monsieur. Il n'est simplement pas adapté au système scolaire. En tout cas, c'est ce que montrent les résultats.

Je sens bien que ma mère se contient alors qu'elle est morte de chagrin. Un fils qui ne rentre pas dans le moule scolaire, qui pisse encore au lit, qui a des difficultés. Elle aurait aimé que je sois un autre. Je le sais. Je le vois à chaque fois qu'elle pose les yeux sur moi et elle ne peut pas savoir à quel point c'est douloureux de le remarquer.

La pauvre. Moi aussi, j'ai de la peine pour elle. Parce qu'elle a tout fait comme lui a dit la psychologue. Elle m'a trouvé une activité extrascolaire, elle a essayé de me comprendre, elle a été permissive concernant mes résultats et voilà où ça la mène : l'échec.

– Pas adapté, pas adapté ! C'est peut-être votre système qui ne l'est pas ! Alexis est intelligent. Vous avez eu Adrien, aussi, non ? Son frère ! Ils sont du même sang, n'allez pas me dire que l'un est brillant et que l'autre est stupide !

C'est lui qui répète en boucle que je suis idiot, alors que le directeur ne l'a jamais évoqué.

– Je ne fais que vous conseiller, se défend-il. Si vous décidez malgré tout d'envoyer Alexis dans un établissement du secondaire, vous l'exposez à un échec scolaire encore plus grand. Il n'a simplement pas le niveau.

– Il prendra des cours particuliers, assène mon père. Nous ferons tout ce qui est en notre pouvoir. Je refuse que mon fils se retrouve avec des crétins, dans une filière professionnelle.

Le directeur se pince les lèvres, puis, de nouveau, me regarde avec un air concerné. Le simple fait que nous ayons ce rendez-vous, comme il l'a dit en début de réunion, prouve sa bonne foi vis-à-vis de moi. Il ne veut pas me laisser tomber.

Ce n'est pas un homme mauvais. Juste dépassé.

– Vous pensez que ça suffira ? demande-t-il.

– Oui, oui ! lance tout de suite ma mère. Il s'en sortira. Son frère pourra l'aider, aussi !

– Ce n'était pas déjà le cas ?

Elle se renfrogne.

– Disons que c'est... c'est parfois compliqué, entre eux.

– Alexis, m'interpelle calmement le directeur, est-ce que tu peux me parler ? Dis-nous un peu ce qu'il s'est passé...

Je sens le regard inquisiteur de mon père sur moi.

Si je parle du Bouloulou, je suis foutu. Ses yeux ne transmettent pas la moindre compassion. Si je parle du monstre qui me poursuit au directeur, mon père me fera la tête au carré. Il n'accepte déjà pas qu'on me prenne pour un débile, alors pour un dingue...

En vérité, c'est à lui que ça fait le plus mal. Je sais qu'il s'en fiche. Il ne se préoccupe pas de moi. Ce qui l'intéresse, c'est qu'on ne dise pas de lui qu'il a élevé un crétin, pas que j'en sois réellement un ou non.

– Je... je ne sais pas.

– Et si tu as des cours particuliers et que tu vas quand même dans le secondaire, tu penses pouvoir t'en sortir ?

De nouveau, je croise le regard de mon père et je déglutis.

Je hoche la tête.

– Vous voyez ? Il s'en sortira ! Tout ce dont nous avons besoin, c'est que vous validiez ce passage. Il a juste eu quelques petites difficultés passagères, mais il aura son bac avec mention, je vous l'assure !

Lorsque nous quittons le bureau avec la précieuse approbation du directeur, mon père n'est même pas content. Il est encore en colère contre moi.

– Tu te rends compte de ce que tu nous demandes ?! s'emporte-t-il en montant dans la voiture. On a dû… supplier comme des mendiants un tocard de directeur de collège pour que tu puisses aller au lycée, Alexis !

– Arrête de lui crier dessus, ça ne sert à rien…

– Mais merde ! Ça ne sert jamais à rien, d'après toi, et regarde ses résultats ! Fais un peu le bilan de sa scolarité, tu vas comprendre pourquoi je m'énerve. Tu veux que ça devienne un raté ? Tu veux qu'il lave des pare-brise aux feux rouges ?

Il referme brutalement la portière et moi, je me sens comme le dernier des minables. Il ne se rend pas compte que chacun de ses mots est un poignard dans mon cœur. J'ai l'impression que rien ne pourrait être pire que cette situation. Rien, à part revoir le Bouloulou.

Ensuite, tout s'enchaîne très vite. Comme si j'étais pris dans un maudit tourbillon. D'abord, il y a l'été, durant lequel je ne sors presque pas. Tous les copains que je connais, eux, partent en vacances ou ont des activités. Pas moi. Ma vie est une misère sans fin, depuis que mon père a décidé de prendre très au sérieux cette histoire de cours particuliers. Alors, presque tous les jours, un professeur vient à la maison et m'aide à rattraper mon retard dans tous les domaines, en vue d'une intégration dans un bon lycée.

Oh, je ne dirais pas que c'est infernal, mais si ce n'est pas le cas, alors c'est bien imité. Je n'ai pas une journée à moi, pendant qu'Adrien, lui, se la coule douce en préparant sa rentrée avec toute la confiance du monde.

Grandir dans son ombre, ce n'est pas facile. Loin s'en faut.

Ce n'est qu'à la fin de l'été que je surprends une conversation de mes parents, dans la cuisine. Ils sont de l'autre côté de la porte et j'entends qu'ils parlent de moi.

– … C'est la seule solution, lance mon père.

– Tu es sûr ?

– Au moins, ils ont accepté.

– On pourrait aussi demander ailleurs.

– Et où ? Personne ne veut de lui ! Non, j'ai fait jouer mes relations pour qu'il puisse intégrer cette école, donc il s'y rendra. Point barre.

– Mais c'est un internat ! Il sera seul ! Tu sais bien qu'il ne peut pas rester seul. Il est trop fragile…

Une fois de plus, j'ai la gorge qui se serre. Alors, même à elle, c'est ce que je lui inspire ? J'ai l'impression que ce qu'elle avait d'amour pour moi s'est changé en pitié, depuis. Comme si je n'étais plus bon à rien d'autre qu'à être protégé de toutes les façons.

– Je n'ai jamais, jamais voulu ça..., se plaint-elle encore. Le pauvre... il sera tellement mal, là-bas.

– Mais non ! C'est un très bon établissement catholique. Et puis, il se fera des amis. Ça l'endurcira, tu verras.

Chapitre 13

Présent

« Ne pas avoir peur. » C'est ce que j'ai retenu de l'histoire de Samir.

Dans la rue, alors que je retourne, en compagnie d'Aurélie, en direction de ma chambre universitaire, toutes les informations gravitent dans ma tête comme une galaxie. Je crée des connexions et je m'interroge : naît-il de mes peurs les plus profondes ? Si ce djinn qui me harcèle ne peut pas réellement me faire de mal, alors il n'est là que pour exploiter mes peurs. Pour autant, il serait… inoffensif ? Difficile de ne pas établir un parallèle entre ce qu'a vécu l'ancêtre de Samir et ce que je vis aujourd'hui.

Les yeux de feu, la peur… tout est là. Et pourtant, j'ai le sentiment que je n'ai pas encore suffisamment d'informations à propos du mal qui m'accable. Lui, ne l'a vu qu'une seule fois alors que moi, j'ai l'impression qu'il me suit à chaque instant.

Il pourrait très bien être cet automobiliste, qui passe dans la rue. Ce SDF, qui fait la manche, ou encore, ce type qui griffonne un tag glauque, sur un mur.

– ... Dis, tu m'écoutes, Alexis ?

Aurélie plante son regard dans le mien et je quitte le royaume de mes songes.

– Oui, pardon, je... j'étais dans mes pensées.

Elle sourit.

– Ça ne fait rien. Je disais : est-ce que tu as appris ce que tu voulais ?

– Ça a été utile. Mais il m'en faut davantage.

Aurélie hoche la tête avec un air compréhensif, alors que nous arrivons devant le campus de l'université.

– Oui. Je comprends. Mais je suis là pour t'aider, tu sais.

Je lui prends les mains, et nos yeux se croisent.

– Pourquoi tu fais ça, pour moi ?

– Parce que je te trouve touchant. J'aime bien tes histoires. J'aime bien toute l'innocence que tu dégages.

Mon innocence... le Bouloulou l'a prise depuis longtemps. Si elle savait.

Mais qu'elle la perçoive encore à l'intérieur de moi, je ne sais pas, c'est comme un soulagement. Comme si une lumière était toujours allumée, dans cette pièce noire et étroite dans laquelle je navigue depuis si longtemps. Ce qu'il y a de magnifique, avec elle, c'est qu'elle sait percevoir en moi ce que moi-même je ne vois pas. Et il n'y a rien de plus beau. Elle me redonne confiance en ce que je suis, mais surtout, en ce que je pourrais devenir. Qui sait ce que je pourrais faire, si tout cela venait à prendre fin ? Si j'étais libre et maître de ma vie ? Je pourrais enfin devenir qui j'ai envie d'être sans avoir à me restreindre, à cause du Bouloulou.

Je serais un artiste, si j'avais ce temps. Cette liberté d'esprit.

Oui. Ça, ça me plairait.

– C'est… c'est gentil.

– Mais tu veux un conseil ? Tu devrais demander de l'aide à ton frère.

Adrien ? Pff. Il a toujours détesté ces histoires.

D'aussi loin que je m'en souvienne, à chaque fois, il était réticent. Comme si le simple fait d'entendre parler de mon problème le ramenait à la réalité : c'est de sa faute uniquement si j'en suis là. Si toute ma vie a été gâchée par ce monstre. Parce que je suis sûr que c'est lui qui l'a invoqué, d'une manière ou d'une autre. Par mégarde. Lorsqu'il m'a enfermé dans cette armoire, il a déclenché quelque chose et maintenant, je suis pris au piège.

– Je ne sais pas. Il est en partie responsable.

En GRANDE partie.

– Justement ! déclare-t-elle avec enthousiasme. S'il est responsable, il aura l'occasion de se racheter et je suis sûre qu'il ne la perdra pas.

– Qu'est-ce que tu veux dire ?

Aurélie pose une main sur mon épaule en souriant.

– C'est ton frère, Alexis. La famille, ça ne disparaît pas aussi facilement. C'est ton sang, aussi. Il ne te laissera pas tomber si tu le lui demandes, j'en suis certaine.

– À ta place, je ne parierais pas là-dessus.

– Fais-moi confiance, d'accord ? Envoie-lui simplement un message et tu verras.

Et elle me laisse sur ces paroles.

Le retour dans mon lit est aussi accompagné d'un long moment de réflexion, embué par les boissons que j'ai consommées ce soir. Mais je demeure lucide et les paroles d'Aurélie m'apparaissent comme une évidence : oui, je dois lui parler. Je dois lui dire que je veux mettre un terme à tout cela une bonne fois pour toutes, mais ce n'est pas seulement pour moi : c'est aussi une revanche sur la vie. Un moyen d'être heureux, pour une fois, et de me souvenir de ce que c'est, la vie d'insouciance.

On dit qu'un homme valide a des milliers de rêves en tête, mais qu'un homme malade n'en a qu'un : guérir. Pour moi, c'est la même chose. Si j'étais en pleine possession de tous mes moyens, bon sang, je croquerais la vie à pleines dents. Je ferais en sorte de récupérer tout ce que ce monstre m'a pris depuis des années. Je me mettrais à vivre comme personne. À cent ou même à mille à l'heure.

Et peut-être qu'Adrien acceptera de m'aider si je suis dans cette dynamique. Parce que ce sont aussi mes relations familiales que m'a volées le Bouloulou. À cause de lui, ma famille a volé en éclats. Rien n'a plus jamais été pareil.

J'ai mon téléphone entre les mains, mais j'hésite. Lui envoyer un message, ou non ?

Je suppose que ça ne devrait pas me poser tant de problèmes. C'est mon frère. Et pourtant, le doute n'a jamais été si grand, en moi.

OK, je me lance…

Adrien, je voudrais qu'on se revoie encore

La réponse fuse presque aussitôt. Il est minuit passé, et il ne dort pas.

Ça me ferait plaisir, oui

Pas pour ce que tu penses.
J'ai besoin de ton aide. Rendez-vous demain,
au bar à jeux de la dernière fois. Disons... 18 h

OK

J'ai osé. J'ai fait un pas vers mon frère une nouvelle fois et j'espère ne pas le regretter. Je suis aveuglément les conseils d'Aurélie, mais d'un autre côté, j'ai la curieuse impression qu'elle sait gérer ce genre de situations.

Le lendemain, la journée passe à toute allure. Nous ne sommes pas mercredi, alors je n'ai pas mon moment de répit, de bonheur de la semaine – même s'il est gâché par le Bouloulou.

De toute façon, j'ose à peine dessiner. Même lorsque je suis seul dans ma chambre. J'ai toujours peur qu'il apparaisse, qu'il surgisse depuis les ombres et qu'il essaye encore de me prendre ce que j'ai de plus cher.

Devenir un artiste, c'est un rêve inavouable et j'ai le sentiment que, puisque je ne l'ai pas formulé à voix haute, ce souhait n'existe pas aux yeux du monstre. Alors, puisqu'il n'est pas au courant que c'est mon vœu le plus cher et le plus profond, il n'essaye pas de le détruire comme le reste.

Je conserve ce jardin secret rien que pour moi. À l'abri des regards. Et le reste du temps, lorsqu'il s'agit de cours d'économie, ou de droit, je suis dans un autre monde : comme si je n'étais plus vraiment moi-même et que je vivais dans une bulle éthérée, où rien n'a de sens. Dans ces moments-là, c'est comme si j'étais complètement déconnecté de la réalité et que mon esprit flottait au-dessus de mon corps.

Mais en attendant, il est dix-huit heures trois, et j'attends.

Je suis nerveux, avant l'arrivée d'Adrien. Comme si j'allais rencontrer un recruteur. C'est très étrange, puisqu'il est de ma famille, finalement. Mais nous avons une relation si particulière, lui et moi... L'endroit n'est pas aussi agréable que la dernière fois. Il y a même déjà une bagarre, que le barman est obligé de séparer.

Lorsqu'il se présente enfin, je me lève de table pour l'accueillir.

– Reste assis, reste assis. Ne t'inquiète pas. Je suis content de te voir, me lance-t-il.

Toujours ce ton bienveillant.

Il s'installe en face de moi, puis me regarde longuement.

– Ça va, depuis la dernière fois ?

– Non. Pas du tout. Je dois être honnête avec toi, rien ne va, dans ma vie.

Et tout à coup, mon frère a l'air inquiet.

– Raconte-moi.

– Je te l'ai déjà dit cent fois et c'est la même chose. C'est toujours la même histoire qui se répète, encore et encore.

– Tu vas me parler du…

– Bouloulou, oui. C'est un problème ?

Il soupire longuement, puis commande un verre.

– Alexis…

– Si tu ne prends pas ça au sérieux, alors, tu peux partir, OK ? J'essaye juste de faire un pas vers toi, là.

Il semble prendre le temps de la réflexion, puis plonge son regard dans le mien. Mais cette fois, au lieu de le fuir, je le soutiens. Parce que je ne veux plus me cacher.

– Excuse-moi, d'accord ? C'est juste que… enfin, tout ça, on en parlait quand on était gamins. Mais maintenant, est-ce que ça a encore du sens ?

Je détaille bien mes paroles :

– Chaque jour de ma vie, depuis, le Bouloulou m'a suivi. Et tu es en partie responsable.

Adrien baisse la tête, comme s'il était envahi d'un profond sentiment de culpabilité.

– Je le sais. C'est moi qui ai créé ce traumatisme, chez toi. Tu penses que je parviens à me le pardonner ? Bon, mais je ne suis pas un lâcheur, alors si je peux t'aider, dis-moi comment.

Bizarrement, je crois que je n'attendais que ça de sa part.

Comme si ça avait toujours été une évidence.

– J'ai besoin de toi pour mener les recherches et pour affronter ce qui me poursuit.

– Par quoi on commence ?

Chapitre 14

Passé

L'internat, c'est l'enfer. Au-delà même de tout ce que j'avais pu imaginer. Si le collège était déjà une étape difficile, durant laquelle j'étais pointé du doigt car différent, ce sentiment s'accentue encore ici.

Je partage une chambre avec trois autres camarades et autant le dire tout de suite : je ne passe pas d'agréables moments en leur compagnie. Mais au moins, il me reste toujours le dessin. Mon seul refuge. Ma bouée de secours.

Non seulement la chambre est austère, mais en plus, elle est froide. On dirait presque une cellule de pénitence. Je suis presque sûr d'avoir déjà vu du moisi sur les murs, quelque part. Ce n'est pas un endroit pour moi. En fait, ce n'est un endroit pour personne.

Mais l'ambiance est un peu trop flippante et... solennelle, pour moi. Et puis, la routine est assez stricte.

Nous sommes debout tous les jours à sept heures du matin, pour le cours de catéchisme, dans la chapelle de l'école, avec la mère supérieure. Et ensuite, c'est le début des cours. Dès que la mère supérieure allume des cierges et laisse les flammes danser, j'ai l'impression de revoir les yeux incandescents du Bouloulou. J'en ai des frissons.

Les cours s'enchaînent sans fin, rythmés par le carillon de l'église qui résonne à travers les murs de l'école. Les matières sont variées : mathématiques, français, histoire, géographie, mais aussi des leçons de morale et de bonne conduite, dispensées par des enseignants austères et sévères. Chaque heure semble s'étirer à l'infini. Le regard impassible des professeurs ne laisse aucune place à l'erreur. Et je maudis chaque jour. Chaque jour où mes parents m'ont envoyé ici. J'aimerais tellement être auprès d'eux.

Avec les crises de colère de mon père, je pensais que rien ne pourrait être pire : bon sang, ce que j'avais tort. Je crois que je préférerais mille fois subir ses injures et ses réprobations plutôt que de me trouver ici, où je suis coupé de tout, mais surtout de ma famille. D'accord, les choses ne se passaient pas particulièrement bien, mais au moins, je n'étais pas seul. Je ne me sentais pas aussi...

abandonné. Parce que désormais, j'ai l'impression que je n'ai plus aucun espoir de m'enfuir un jour de cet enfer.

Les récréations sont des moments de répit relatifs. Les autres garçons jouent au foot ou discutent entre eux, mais je préfère rester à l'écart. Mon carnet de croquis est toujours à portée de main. Et je m'évade dans des mondes imaginaires, loin de la réalité oppressante de l'internat. Le Bouloulou est toujours là, tapi dans un coin de ma mémoire, prêt à surgir à tout moment, mais j'essaye tant bien que mal de le chasser, de le garder à distance.

Le déjeuner, lui, est servi dans un réfectoire austère aux murs gris. Les discussions sont souvent bruyantes et les brimades fréquentes. Les repas sont simples, souvent fades, et les portions justes. La surveillance des adultes ne parvient pas toujours à contenir les comportements agressifs des élèves. Je m'efforce de manger rapidement, tête baissée, pour éviter les moqueries et les confrontations. On ne peut pas dire que je me sois fait beaucoup d'amis, en une semaine.

Après les cours, c'est l'étude surveillée. Un temps imposé pour faire nos devoirs sous l'œil vigilant des surveillants. Le silence est de rigueur, seulement perturbé par le grattement des stylos sur le papier. C'est durant ces heures d'étude que je tente de rattraper mon retard, mais la concentration est difficile. Mon esprit divague souvent, hanté par l'image du Bouloulou et de puissantes pulsions de dessin.

Bon sang, ce que j'aimerais devenir un artiste. Un vrai. Un de ceux qui exposent...

Mais je ne peux parler de ça à personne. Tout le monde se moquerait de moi. Tout ce que j'ai, c'est un carnet, dans lequel je dessine et j'écris. Je note tous les progrès que je fais, concernant ma peur du Bouloulou. Un ancien conseil de la psy. Elle m'a dit de tenir une sorte de journal intime, pour me souvenir de mes anciens traumatismes, afin de réussir à m'en détacher.

Le soir, après le dîner, nous avons un peu de temps libre. Pour moi, ce moment est précieux. Je retourne dans ma chambre, allume une petite lampe de chevet et m'installe sur mon lit avec mon carnet. Je dessine sans relâche. Le dessin est ma seule échappatoire, mon unique moyen de libérer les émotions refoulées et de survivre à cet environnement hostile.

Et enfin, à vingt et une heures, c'est le couvre-feu. Les lumières s'éteignent et le silence s'installe. Je m'allonge sur mon lit, les yeux fixés sur le plafond. La nuit est souvent agitée et les cauchemars sont fréquents. En général, je me réveille en sursaut, couvert de sueur avec le cœur qui bat à mille à l'heure. Dans ces moments-là, je me sens plus seul que jamais, prisonnier de mes peurs et de mes angoisses. Et j'aimerais avoir quelqu'un près de moi pour me réconforter. Pour me dire que tout ira bien.

– Hé, Alexis, viens avec nous, me lance Matthieu, un camarade de chambre.

Ça sent le piège à plein nez.

– Où ça ? Il est vingt et une heures trente. On n'a plus le droit de sortir de la chambre…

– On n'a plus le droit, on n'a plus le droit, me singe Oscar. Et alors ? On s'en tape, non ?

Si je les suis et qu'on se fait choper, on risque gros. Je n'ai même pas envie de savoir ce que me ferait mon père, s'il apprenait ça…

– Allez, grouille, insiste Éric. On va s'amuser un peu.

Je comprends que je n'ai pas le choix. Déjà qu'ils m'en font baver à longueur de journée, alors si en plus je refuse leur offre, je suis bon pour en prendre encore plus dans la tronche.

Quand je suis arrivé ici, je pensais que tous les élèves seraient plutôt sages. Il n'en est rien. Tous sont là parce qu'ils ont été envoyés de force par leurs parents pour des problèmes de comportement et quoi que je puisse en penser, je suis dans le même sac qu'eux, alors que je me sens différent. Je n'ai rien à faire ici. Cette école est davantage une prison de redressement pour la racaille qu'un lycée.

Tous les jours, je me répète que je n'ai rien à faire ici. Je n'ai rien en commun avec Matthieu le fêtard, Oscar le drogué ou Éric le bagarreur. Et ensuite, lorsque vient le moment de faire bonne impression, ils sont tous les trois tellement sages devant les professeurs qu'on leur donnerait le bon Dieu sans confession.

Pourtant, ce sont trois petits démons, et s'ils ne m'effraient pas autant que le Bouloulou, la terreur qu'ils m'inspirent s'en rapproche.

Je descends de mon lit et les suis, sans savoir où ils m'emmènent. Pour le moment, ils rient et ont déjà l'air de préparer leur mauvais coup.

Nous nous déplaçons silencieusement dans les couloirs de l'école, en veillant à ne pas faire trop de bruit devant la chambre de la mère supérieure. Assurément, elle nous casserait en mille morceaux si elle nous trouvait ici. Trois *Pater* et deux *Ave* ne suffiraient pas à nous sauver de son courroux.

Nous nous rendons dans la chapelle et j'ai la peur au ventre. Je déteste ces endroits. Ils ne m'ont jamais inspiré confiance. Je suis comme tétanisé, en entrant. Et tout de suite, ou presque, Oscar allume une cigarette et en propose une aux autres, en s'asseyant sur les bancs de messe.

Merde, ils sont dingues, on va se faire tuer !

– Qu'est-ce que vous faites ?

– Détends-toi, Alexis, tout est cool, rétorque Éric. On est dans la maison du Seigneur, rien ne peut nous arriver, pas vrai ?

Par instinct, je regarde à droite et à gauche, pour vérifier que le Bouloulou n'est pas là.

– Mmh... super passionnante, cette lecture, lance Oscar. Attendez, je vous lis un passage : « Ici, je n'ai pas d'amis. Tout le monde est méchant avec moi. Mais au moins, pour le moment, le Bouloulou n'est pas revenu. »

En un instant, mon sang se glace et je me fige en comprenant ce qu'il est en train de lire.

– Hé. C'est mon carnet !

– C'est qui, le Bouloulou ? demande Matthieu. C'est ton petit copain ? Tu le suces ?

– Arrêtez, les gars, ce n'est pas drôle ! Rendez-moi ça, j'en ai besoin.

– Waouh, il l'a carrément dessiné ! s'amuse Éric en regardant les pages à son tour. Il est bien glauque, ton pote.

– Attendez, attendez, se marre Oscar. Il y a mieux, là : « Cette nuit, je ne me suis pas fait pipi dessus. J'ai rêvé de lui, mais mon lit est resté sec. Je suis rassuré. Les choses commencent à s'améliorer, je crois. »

J'ai envie de mourir de honte. J'aimerais me liquéfier, là, sur le carrelage froid de la chapelle, et ne jamais réapparaître.

– Arrêtez ! C'est à moi !

– C'était quand ? demande Matthieu en riant.

– Ahhhh… il y a deux semaines, rétorque Oscar avec dégoût et mépris. Ce con se pisse encore dessus. Non mais, attends, t'es sérieux, Alexis ? Tu pisses au lit à ton âge ? Merde, c'est un truc de gamin, ça.

– Putain, je suis en dessous de son lit superposé. Je vais recevoir la flotte, s'indigne Éric.

Ils vont continuer de se moquer de moi toute la soirée, c'est certain, et après ce soir, je le sais : ma vie dans l'école ne sera plus jamais la même. Ils en parleront à tout le monde, c'est une évidence. Parce que c'est comme ça, l'école : c'est une microsociété à l'intérieur de la société et, comme dans la société classique, je suis une victime. Je suis de ceux qu'on dit faibles, fragiles, marginaux, bizarres… de ceux qui ne peuvent survivre qu'en courbant l'échine et en acquiesçant à toutes les atrocités qu'on leur fait subir.

Mais là, je commence à m'énerver un peu quand même. Je n'ai plus envie de me laisser faire. En fait, j'ai même envie de hurler contre cette injustice.

Pour une fois que le Bouloulou n'est plus là, j'ai l'impression que son ombre me suit quand même et que c'est à travers mes camarades qu'il se manifeste dans toute son horreur.

– C'est à moi ! m'emporté-je en arrachant le carnet des mains d'Éric.

Il se déchire sur le coup, et mon camarade de classe me regarde avec un air mauvais. Comme si j'allais passer un sale quart d'heure dans quelques instants.

Il se lève, me regarde de toute sa stature, puis déclare froidement :

– Tenez-le.

Oscar et Matthieu m'empoignent fermement et me retiennent, même si je me débats de toutes mes forces. Il n'y a rien à faire : je suis faible. Je suis de ceux qui subissent. J'ai beau tenter de me défaire de leur emprise, rien n'y fait, c'est comme s'ils avaient une poigne de titan et que moi, je n'étais qu'un pantin de bois entre leurs mains de plomb.

– Oscar, passe ta clope.

Il s'exécute d'une main, et Éric tire un grand coup, avant de me souffler la fumée dans la figure avec un air mesquin.

– Tu vas apprendre une bonne leçon, le pisseur.

Sans crier gare, il tire jusqu'à ras du mégot, puis écrase sa cigarette sur mon front avec un sourire malsain.

Je hurle de douleur à m'en décoller les poumons. La brûlure est si intense que j'ai l'impression qu'elle perfore mon crâne. Et plus il appuie, plus je sens la douleur se répandre d'abord sur mon front et bientôt, dans tout le reste de mon corps. Par violentes décharges.

Ensuite, ce sont les coups de poing. Un, deux, trois. J'ai l'impression que je vais vomir tout ce que j'ai mangé aujourd'hui. Et à mesure que je les reçois, les larmes coulent sur mes joues. Toute l'atrocité du monde est, une fois de plus, en train de s'abattre sur moi avec une gratuité sans nom. Ce qu'il y a de pire, ce ne sont pas les phalanges d'Éric qui rencontrent mes côtes avec fracas, non... ce sont les rires sarcastiques qui accompagnent ses coups, comme s'ils faisaient partie de la même mélodie, pilotée par le même chef d'orchestre aux yeux cruels.

Ils ne me laissent absolument rien. Je ne suis que leur jouet.

– Tu as toujours envie de te rebeller, le pisseur ? Rappelle-toi qui commande ici, petite merde.

Et une ombre passe sur le visage d'Éric. La même que celle qui, parfois, passe sur celui de mon père lorsque lui viennent à l'esprit les injures les plus cruelles, ou les punitions les plus abjectes.

– Allez chercher le balai, là-bas, commande-t-il aux autres.

C'est Oscar qui s'y colle et qui le rapporte.

D'abord, ils me le fracassent sur le dos, tant et si bien que le bois finit par craquer et se morceler.

– Maintenant, baissez-lui le froc.

– Je sens qu'on va s'amuser, s'enthousiasme Matthieu.

– Foutez-le contre le banc.

– Je vous en supplie, pleuré-je, arrêtez, je ne dirai rien.

– Ça, c'est clair. Tu auras beaucoup trop honte pour dire quoi que ce soit.

Mon postérieur leur est offert, et c'est avec des larmes de douleur et de honte conjuguées que je reçois le balai – ou ce qu'il en reste – dans l'anus.

C'est horriblement douloureux et je me sens partir, en même temps que mon sang coule.

Leurs rires moqueurs font naître en moi une rage incommensurable. J'aimerais qu'ils meurent tous, là, maintenant, et peut-être qu'ils m'emportent avec eux. Parce que le repos de la tombe serait sûrement plus acceptable que ce que je vis tous les jours.

– T'as qu'à imaginer que c'est ton pote le Bouloulou qui t'encule, Alexis ! T'aimes ça, hein ?

– Allez, on le laisse là. Il expliquera tout à la mère supérieure demain, ce gros dégénéré.

Et tout en riant, sans autre forme de respect pour moi, ils quittent la chapelle, en me laissant seul dans mon sang et mes sanglots. Le pire, c'est qu'il n'y est pour rien. Pas la moindre odeur de brûlé. Pas la moindre flamme qui danse. Je crois que trouver sa présence dans cet endroit m'aurait peut-être rassuré, finalement. J'aurais compris la raison de cette violence et peut-être que je l'aurais mieux acceptée.

Mais bien sûr, tout ne s'arrête pas là. Car le lendemain, après la honte et la douleur, il y a le regard des autres. Et leurs regards ne sont plus ce qu'ils étaient avant, sur moi. Ils sont devenus… moqueurs. Je n'étais déjà pas très apprécié, on ne peut pas dire que j'aie franchement la cote.

Toutes mes craintes se confirment dans les jours et dans les semaines qui suivent. Tout ça n'a rien d'un incident isolé. Non. Ce harcèlement devient quotidien.

Une claque derrière la tête en arrivant en classe.

Des remarques déplacées.

Des coups dans les douches.

La violence verbale et, bien sûr, l'incontournable rendez-vous du mégot écrasé sur le front, qui se reproduit aussi souvent qu'ils fument.

Je suis devenu un cendrier géant et personne ne pose vraiment de questions sur mes blessures. Tout simplement, je l'ai compris, parce que tout le monde s'en fiche.

Personne n'en a rien à faire de moi.

Chapitre 15

Présent

Salut, Aurélie. Je suis avec Adrien.
On se demandait par quoi commencer

La réponse ne se fait pas attendre. Elle fuse tout de suite :

C'est vrai ? Génial !
Je suis trop contente !

Tu as une idée ?

Bien sûr ! On va aller voir Samir.
Rendez-vous demain

Je quitte Adrien avec un sentiment d'apaisement. Pour une fois, j'ai l'impression qu'il redevient un peu mon frère et pas uniquement cet inconnu auquel j'en ai voulu pendant des années.

Le soir, lorsque je rentre chez moi, je me pose devant une feuille, stylo en main, devant mon petit bureau en bois. J'ai de nombreuses questions à poser à Samir. Aurélie m'a assuré que c'était un véritable expert dans le domaine de l'horreur et de tout ce qui touche à ce monde-là. S'il y en a bien un qui peut me renseigner, c'est lui. Donc, je ne perds pas de temps et commence à noter tout ce qui me passe par la tête. Par moments, je sursaute, car je crois entendre un bruit, dans la pièce d'à côté.

Est-ce que je deviens fou... ?

Ce n'est presque rien. Un grincement. Un volet qui claque, peut-être ?

– Il y a quelqu'un ?

Bien sûr, pas de réponse alors je reprends ma liste.

Aucune question ne doit être ignorée. Rien ne doit être épargné. Il en va sûrement de ma vie.

Je réfléchis à la lumière de la lampe de chevet, en sursautant des ombres chinoises qu'elle provoque, par moments.

Alors, je reste quelques instants devant ma liste, comme un enfant qui rédige celle pour le père Noël. Oh, s'il répondait à tout ça… ça, ce serait vraiment un cadeau. Le meilleur qui soit.

Mais il ne répondra jamais à tout. Je vais avoir des questions bêtes, c'est certain.

Le lendemain, je n'ai qu'une hâte : que la journée se termine. Je ne pense qu'à une chose : retrouver Samir et les autres pour poser toutes mes questions à propos du Bouloulou.

Nous devons tous nous rejoindre directement au bar de la dernière fois, mais cette fois pour prendre un café ensemble.

Lorsque j'arrive, tout le monde est déjà là et je constate qu'Aurélie a déjà fait les présentations entre Samir et Adrien.

– Ah, le voilà ! lance Aurélie en s'approchant de moi pour me prendre la main. Viens avec nous. On a un peu commencé sans toi, désolée.

– Pas grave.

– Alors, Alex, content de te revoir, s'enthousiasme Samir. Comment ça va ?

Je déglutis en souriant, puis m'installe en lui serrant la main.

Je ne regarde que très peu Adrien. OK, il a décidé de m'aider, mais je n'ai pas encore entièrement confiance en son implication là-dedans et d'une certaine manière, je ne sais pas, j'ai un peu peur qu'il ne soit là seulement pour rendre compte de ce que je fais aux parents. Il a toujours été plus proche d'eux, de toute façon.

Je dégaine ma feuille, puis inspire profondément.

– Alors, j'ai... euh... quelques questions.

Je les relis rapidement. Personne ne me met la moindre pression. Ils me laissent prendre mon temps.

Je ne sais pas comment commencer à formuler ce que j'ai en tête. C'est trop difficile. Les mots semblent danser sur la feuille sans vouloir trouver un sens dans ma tête.

Pourtant, tout le monde attend que je prenne la parole.

– Ça va ? demande Adrien. Tu as besoin de temps ?

Je secoue la tête.

– Non. Ça va. Je vais m'en sortir.

De nouveau, j'inspire profondément. Des années que j'attends ça et maintenant que la réponse est peut-être devant moi, je me dégonfle.

Mes questions sont nazes...

– Finalement, vous savez quoi... ?

D'un geste sec, je déchire la feuille.

– Je vais être plus spontané.

Je crois lire ou en tout cas déceler une pointe de malice dans les yeux de Samir. Je ne sais pas pourquoi, mais quelque chose me dit qu'il se délecte de la situation.

Tout le monde attend.

– Samir... tu as raconté une histoire l'autre soir.

– Oui ?

– En fait, j'avais de nombreuses questions, mais...

Je jette un œil sur le papier déchiré.

– Mais tu as décidé de parler avec tes tripes, continue-t-il pour moi. Alors, vas-y.

– Tu as dit que ton arrière-grand-oncle avait survécu à un djinn. Tu dois en savoir beaucoup sur eux, je me trompe ?

– Sans vouloir me vanter, je suis plutôt expert sur tout ce qui touche de près ou de loin au domaine de l'horreur.

Aurélie acquiesce d'un mouvement de tête.

– Ça, c'est vrai. À chaque fois qu'il en parle, il est flippant de fou !

– Arrête, je vais rougir. J'adore l'horreur, c'est comme ça !

– Bon... alors... tu as dit qu'il n'avait pas eu peur. C'est ça ?

– Exactement. Pourquoi ?

– Et… je me demandais : qu'est-ce qu'il se passe si on a peur quand même ?

Tout à coup, Samir semble beaucoup plus solennel. On dirait qu'il ne faut pas rigoler avec ça devant lui. En tout cas, il a l'air de prendre le sujet très au sérieux et j'avoue que ça me fait plaisir. J'ai passé l'immense majorité de ma vie à chercher des soutiens, des alliés, et c'est seulement maintenant que j'ai l'impression d'en trouver. Ne serait-ce qu'un peu. Je n'ai pas envie de foirer. Je n'ai pas envie qu'on me prenne encore pour le bizarre de service, mais étrangement, avec Samir, je me sens écouté. Il sait de quoi il parle et il n'est pas dans le jugement. Bien au contraire. J'ai l'impression de pouvoir parler de tout ça avec lui sans qu'il trouve ça trop étrange ou qu'il ait l'envie de m'envoyer dans un asile de fous.

– C'est quand on a peur de lui que les choses se compliquent…

Adrien intervient :

– Attends… pour toi, c'est sérieux, tout ça ?

Samir se tourne vers lui avec un air de réprimande.

– C'est TRÈS sérieux. On ne plaisante pas avec le Bouloulou. Les esprits comme ça, les djinns… ce n'est pas à prendre à la légère.

Adrien se renfonce un peu dans la banquette, en haussant un sourcil.

Je crois qu'il ne s'attendait pas à ce que tout le monde soit aussi concerné par le sujet.

– OK, mais…

Ce coup-ci, c'est Aurélie qui intervient.

– On devrait laisser Samir finir, non ?

Adrien acquiesce puis se tait.

– Surtout, ce que je me demande, c'est : comment ne PAS en avoir peur ?

– Je vais encore te raconter une histoire, d'accord ? Encore une fois, c'est une histoire vraie… pour que tu comprennes toutes les formes qu'il peut prendre…

Chapitre 16

Beauvillard, 1956

- Oh, Joseph, c'est tellement gentil.

Mon grand bonhomme de mari, adorable qu'il est, me tend ma tasse de café - moulu à la main, s'il vous plaît !

Il se pose à côté de moi, dans notre grand lit, puis tapote sur la couverture de laine avec un grand sourire.

- Et ce n'est pas tout, poursuit-il. J'ai aussi ton petit-déjeuner préféré qui se prépare tout seul, en bas. D'ailleurs, il s'agirait de le surveiller…

À ces mots, il m'embrasse sur le front avant de se redresser et au fond de moi, je sais déjà ce qui m'attend : le bonheur, encore et encore, jusqu'à la fin de mes jours.

Il attrape sa canne pour descendre les marches de l'escalier. Ah, ça, il n'est plus tout jeune. La soixantaine passée, ça vous fiche un coup. Mais qu'est-ce que c'est agréable de se dire qu'on va finir sa vie avec la même personne. Qu'on va simplement créer de nouveaux souvenirs après une vie déjà bien remplie. Il n'y a rien de plus beau.

Et, doucement, je me lève à mon tour pour ouvrir les rideaux. Je ne connais rien de plus magique que Beauvillard. C'est un petit village, perdu en pleine montagne, dans la Savoie. En bas, il y a Moûtiers. On peut y faire des courses au marché et en face de moi, le col de la Lune. Gigantesque, magnifique, embrumé, comme s'il se nimbait lui-même de mystère.

Pour garder le contact avec le monde extérieur, après des années passées à travailler dans une société toujours plus étouffante, nous avons simplement gardé une vieille radio qui ne capte presque plus rien. Mais dans le doute, je l'écoute quand même. Parfois, nous recevons une antenne locale qui diffuse les informations.

J'appuie sur le bouton, puis capte quelques fragments :

« … pensez à… chez vous. Grosses pluies. Orage… au moins… semaines. »

Nous irons donc au marché ce matin.

Lorsque j'arrive en bas, je suis accueillie par une délicieuse odeur de pain frais et d'œufs pochés. Joseph n'y connaît pas grand-chose en cuisine, mais ça, il sait faire, et c'est tout ce qui me ravit.

– Quel festin !

– Rien n'est trop beau pour ma princesse.

Je secoue la tête en souriant. Que de l'amour, de l'amour, au fond de ses yeux.

Et parfois, je me demande si j'ai été bénie par les anges, pour mériter un homme pareil.

– Tu as entendu la radio ? demandé-je.

– Non ? Qu'est-ce que ça dit ?

– Qu'il y aura un orage. On ferait mieux d'aller au marché, ce matin.

– Mange ton petit-déjeuner, je vais m'occuper de la camionnette.

Parfait. Il n'y a pas d'autre mot pour le définir. Parce qu'il s'occupe toujours de tout.

Et alors que nous descendons la route sinueuse qui conduit vers Moutier, pour y acheter de quoi tenir quelques semaines, le ciel commence à se couvrir.

– Ils ne plaisantaient pas, à la radio, dis, ma Marguerite, hein ?

– Ça, non.

Fromage, beurre, lait, fruits et légumes. Voilà de quoi nous avons besoin en plus de notre amour, pour faire de ce petit cocon l'endroit le plus doux qui soit. Pas de voisin à moins d'un kilomètre dans la montagne et une tranquillité à toute épreuve.

Enfin de retour, nous rangeons toutes les courses à la buanderie et puis, dans l'après-midi, nous avons nos activités. Joseph adore s'occuper de sa camionnette, ou de moi. Il dit lui-même, en riant, que ce sont ses deux passions. Je crois qu'il aime la brosser autant que me câliner, mais je ne suis pas jalouse : il la tient de son père, de l'époque où il était maraîcher et qu'il faisait le tour des villages pour vendre ses fruits. C'est un souvenir, pour lui. C'est toute sa jeunesse. Et alors qu'il passe un coup de chiffon dessus pour en retirer un peu de crasse, il se tourne vers moi, avec un sourire fier.

– Tu vois, ma Marguerite ? À chaque fois que j'astique la camionnette, j'ai l'impression de retrouver des souvenirs.

Que je l'aime…

Et moi, je tricote. Ou alors, je lis. Et c'est comme ça que nous comptons passer le reste de notre vie. Sans téléphone, avec seulement une radio et les enfants, qui passent de temps à autre pour prendre des nouvelles de leurs vieux parents.

Quelques francs de rente, c'est bien suffisant pour vivre ici. La vie ne m'a jamais paru aussi facile et aussi paisible.

Et enfin, le soir, un éclair déchire le ciel dans un vacarme tonitruant.

– Ben dis donc, lance Joseph en écartant les rideaux. T'as vu ça ? On aurait eu une puissance de feu pareille en 40, tous les Boches quittaient le front.

– Ne dis pas de bêtises et viens t'asseoir près du feu.

Il aime regarder la pluie, Joseph. Il est comme ça. Je crois que ça le rend mélancolique.

Soudain, il se tourne vers moi.

– Chut… c'est quoi, ce bruit ? demande-t-il.

– Quel bruit ?

Comme il ne répond pas, je tends l'oreille et entends, effectivement, la radio.

C'est Édith Piaf, qui chante son hymne à l'amour.

– Tu as allumé la radio, à l'étage ?

– Mais non, je t'assure, rétorqué-je. Je n'ai rien touché. Je l'ai éteinte ce matin après les informations.

Il fronce les sourcils, pendant qu'Édith continue de chanter de toute son âme que tant que l'amour inondera ses matins…

– Attends, il y a quelque chose, là-bas.

– Il fait nuit. Allez, viens. On va éteindre la radio et aller se coucher.

Curieux, tout de même, qu'elle ait décidé de s'éveiller comme ça.

– Je t'assure, Marguerite.

– N'essaye pas de me faire peur, ça ne marche pas.

– Il y a une lampe à huile d'allumée, je te dis.

– Impossible !

– Je vais voir ce que c'est !

Il n'est pas possible, quand il est comme ça. Je proteste, mais il enfile son blouson et attrape sa propre lampe à huile pour filer sous la pluie, alors que l'orage déchire le ciel en le striant de lumière.

– Attends ! Je déteste l'orage ! Joseph !

– Je ne serai pas long. C'est peut-être quelqu'un qui s'est perdu.

– Il est agaçant, à être aussi gentil, lui… Allez, Joseph, rentre à la maison, marmonné-je.

À mon tour, j'écarte les rideaux pour apercevoir la lueur, au fond. Il a raison. Il y a bel et bien quelqu'un. Une forme indistincte, qui ne bouge pas.

Et la radio grésille…

« Si un jour… vie t'arrache à moi…

Si tu meurs, que tu sois loin de moi… »

– Bon sang…

Et tout à coup, plus rien. Le feu de la cheminée s'éteint en un instant, en même temps que les bougies que nous avions installées. Il ne reste dans la petite maison qu'une odeur de fumée.

La radio, elle aussi, se coupe subitement. Je suis maintenant seule avec le bruit de la pluie battante.

J'envisage de sortir quelques instants, puis, dans un coup de folie, décide de le saisir avant de passer la porte à mon tour.

– Joseph ! Joseph, où es-tu ?!

J'avance sur le chemin, en direction de la lanterne. La pluie battante tambourine sur moi et les éclairs me font sursauter de peur.

J'ai toujours détesté l'orage, mais *il* a toujours été là pour me rassurer, dans ces moments-là.

Je bute sur une pierre et manque de tomber, et plus je progresse, plus je vois la maison qui s'éloigne. Bon sang de bon sang, il va m'entendre, quand je vais lui mettre la main dessus !

– Joseph ?

Je vois la lueur de la lanterne qui s'éteint.

Zut, il n'a sûrement pas mis assez d'huile !

Je m'approche encore un peu, puis trouve mon mari, couché, au sol.

Son regard n'a rien d'habituel. Il est figé dans une indescriptible terreur, comme s'il avait été gravé dedans. Ses yeux sont grands ouverts et ne clignent même pas en recevant la pluie qui forme comme des larmes aux coins de son regard.

– Joseph !

Il est comme tétanisé !

Je me courbe à son niveau, pour tout de suite prendre son pouls.

Il est en vie.

Sans penser un seul instant à autre chose qu'à lui, j'use de toute la force dont je suis capable pour le transporter. Je le tire dans la boue, en manquant de tomber à de nombreuses reprises en glissant.

– Joseph ! Parle-moi !

Un vent de panique me traverse. J'ai peur, je suis trempée et j'ai froid.

Je parviens à le ramener à la maison et à le tirer dans le lit, à l'étage.

Je sens tous mes muscles qui tremblent et je répète son nom, encore et encore, dans l'espoir qu'il me réponde.

Mais rien. Seulement son silence.

Au coin de ses lèvres, ce n'est pas de l'eau, mais un filet de bave.

– Mon Dieu, mon Dieu…

Il serait terriblement inquiet, mais la situation l'exige. Notre seul voisin est un médecin, et il est à plus d'un kilomètre d'ici.

Mais je n'ai pas le choix.

J'enfile des bottes plus résistantes et me mets en route pour le trouver, à travers les montagnes.

Lorsque j'arrive, il accepte de me suivre pour se rendre au chevet de mon mari. Son verdict est sans appel.

- Il est en état de choc, Marguerite. Voilà tout. Il va bien. Mais il a dû voir quelque chose de terrible. Que s'est-il passé ?

- Il y a eu cette lanterne, sous la pluie… elle brillait… et puis… plus rien.

- Une lanterne ? Par un temps pareil ? Allons…

- Je t'assure !

- Ton mari a seulement eu peur de quelque chose. Mais alors, à voir son état… il a dû avoir très peur. C'est vrai.

Depuis, plus rien n'est jamais pareil.

Ce matin, je suis debout avant lui, qui ne bouge presque plus. Un mois déjà a passé depuis cet incident et la vie ne semble plus cette bulle de bonheur.

- Joseph ? Voilà ton café, lancé-je en le lui apportant.

J'essaye de garder le sourire. Peut-être qu'il me reviendra un jour. Oui, peut-être. Nous étions tous les deux préparés à la mort de l'un et l'autre. Nous nous étions promis de continuer à vivre. Mais ça, c'est pire encore que la mort. C'est le silence de la tombe sans le cercueil. C'est l'étreinte froide de la Faucheuse sans la libération de l'âme.

Il n'attrape même pas sa tasse. Et comme les autres, elle restera sans doute sur la table de chevet avant que je ne la retire.

– J'ai même fait ton petit-déjeuner préféré, tu viens ?

Pas de réponse.

– On pourrait… on pourrait polir la camionnette, cet après-midi, qu'est-ce que tu en penses ? Elle prend la poussière, tu sais.

Rien.

Rien du tout.

Et seulement cette maudite musique qui passe.

« … Peu m'importe, si tu m'aimes.

Je me fous du monde entier. »

Chapitre 17

Présent

Il a eu peur et il ne s'en est jamais remis. Il a eu peur et sa vie a changé à tout jamais. Oui, mais ne plus avoir peur, ce n'est pas si simple. Quand on n'a connu que l'horreur toute sa vie, comment s'accoutumer à ce point à sa présence ?

– Je ne dois plus en avoir peur..., marmonné-je.

– Exactement, s'exclame Samir !

– Mais par quoi je commence ?

Il regarde l'assemblée avec un air malicieux.

– Bah, c'est simple... tu peux commencer par faire une petite plongée dans l'horreur. Qu'est-ce que tu en penses ?

Rien que d'y penser, j'ai des frissons. Ma vie n'est qu'un immense film d'horreur sans coupure et il aimerait que je poursuive dans cette voie ?

– Pour s'endurcir ? demande Adrien.

– Par exemple, oui.

– Ça ne va pas plutôt le traumatiser ?

– D'après ce que j'ai compris de la part d'Aurélie, c'est déjà le cas, non ?

Là, il n'a pas tort. Je ne vois pas comment ça pourrait être pire, de toute façon.

– Tu peux regarder des films d'horreur, propose Samir. Je crois que ce serait un bon point de départ pour appréhender ta peur.

Aurélie manque de s'étrangler.

– Est-ce qu'on se pose avec Adrien et Aurélie ou est-ce que je dois les regarder tout seul ?

Le regard de Samir change une fois de plus. Plus on parle d'horreur, plus il est enthousiaste. Comme s'il y prenait du plaisir à l'avance.

– Un bon film d'horreur, ça se regarde avec des personnes vulnérables et sensibles, pour être bien en condition.

Il jette un œil en direction d'Aurélie.

– Toi, c'est parfait, vu que tu détestes ça !

– Hé !

– Non ?

– Si. Et je ne sais pas si c'est une bonne idée… je n'aime vraiment pas ces… ces trucs.

Samir se met à rire.

– Ne t'inquiète pas, rétorqué-je, je n'aime pas non plus. Mais… bizarrement, je crois que ça pourrait être une bonne idée, si tout le monde acceptait de participer.

Adrien, qui ne disait presque rien jusqu'à présent, fait la moue. Mais il brise son silence :

– Et toi, Samir ? Tu n'es pas un peu… anesthésié, à l'horreur ? Je veux dire… s'il faut regarder ça avec des personnes vulnérables et sensibles, ça ne fonctionne pas, si ?

– Un film d'horreur, s'il est regardé avec les bonnes personnes, c'est toujours effrayant. Je t'assure.

Je prends une grande inspiration.

– OK. Faisons-le. Organisons une soirée films d'horreur. Je veux apprendre à affronter ma peur.

Le regard d'Aurélie s'illumine. Samir affiche un sourire satisfait, tandis qu'Adrien reste pensif, mais il acquiesce finalement.

– Très bien, lance Samir. On peut faire ça chez moi. J'ai une grande télé et tout le nécessaire pour une bonne soirée d'horreur.

– Ça marche pour moi, ajoute Adrien.

Aurélie me serre la main.

– Je suis fière de toi, Alexis, chuchote-t-elle.

Nous fixons la soirée pour le vendredi suivant. Pendant les jours qui précèdent, je suis partagé entre l'excitation et la peur. Je me demande si je vais vraiment pouvoir affronter ces films sans me laisser submerger par l'angoisse. Chaque soir, je me remémore les histoires que Samir a racontées, et j'essaye de puiser dans ses récits une sorte de... courage qui m'échappe encore.

Vendredi soir arrive enfin. Je me rends chez Samir avec Aurélie, la boule au ventre. Adrien nous rejoint peu après. La maison de Samir est parfaitement adaptée pour l'occasion : une grande salle de séjour, des fauteuils confortables et un écran impressionnant. Il a même préparé des snacks et des boissons pour nous mettre à l'aise.

– Bienvenue dans mon antre de l'horreur, plaisante-t-il en nous accueillant.

Je me sens un peu plus détendu en voyant tout le monde si enthousiaste.

C'est vrai qu'il a quelques posters de films cultes au mur.

– Bon, alors... comment on fait ça ?

– On va se mettre en condition, répond-il.

Il éteint les lumières, puis nous nous installons sur le canapé.

– Alors, demandé-je, c'est quoi le... le premier film ?

– Mmmh... ça dépend de ce qui te fait le plus flipper, mon gars. Les tueurs en série ? Les trucs gores ? La violence sexuelle ?

À l'évocation de ces mots, j'ai comme un sursaut.

Mais tout le monde attend ma réponse.

– Je… je n'aime pas voir les monstres nus. Quand on voit leur chair. En fait, les gens nus et… les endroits religieux.

– Super, je sais exactement ce qu'on va regarder. Tu connais *Hérédité* ?

Je secoue la tête.

– Dans ce cas, ça ne va PAS te plaire du tout.

Bizarrement, j'appréhende. Ce n'est qu'un film, mais je ne suis pas serein. Je n'en ai jamais regardé avant. Je n'en ai jamais eu besoin.

J'ai déjà suffisamment peur comme ça, dans la vie de tous les jours.

Mais je m'installe quand même, prêt à affronter ce que Samir souhaite me montrer.

Chapitre 18

Passé

Je sais déjà de quoi il s'agit. C'est un cauchemar, je n'ai aucun doute là-dessus. J'en fais tellement que je sais les différencier de la réalité, désormais. Mon cerveau est comme… éveillé, à l'intérieur. Je me suis trouvé un nouveau monde virtuel, dans lequel je suis capable de penser comme si j'étais en pleine possession de mes moyens. Il paraît qu'on appelle ça des rêves lucides.

Dommage que les miens soient toujours des cauchemars.

Et cette fois encore, je me demande ce que mon esprit me réserve comme mauvaise surprise.

Je marche dans les longs couloirs de l'internat et, intérieurement, j'espère ne pas revivre ce que j'ai subi dans la vraie vie. Mais cette fois, ils ne peuvent rien me faire. Non, rien, car je sais que je suis dans un rêve. Tout paraît si froid, si glauque... Ces interminables couloirs sont parsemés de croix et de tableaux religieux.

Allez, Alexis, tout ça n'est pas réel.

Un peu de courage.

Et puis, lorsque je suis ici, ils ne peuvent pas m'atteindre. Ils n'en ont simplement pas la possibilité. Alors que dans le monde réel, ça... c'est une autre histoire. C'est à se demander, finalement, si je ne suis pas mieux dans les cauchemars tortueux de mon cerveau parce que la réalité, c'est ça, le vrai cauchemar.

Soudain, je m'immobilise. Au bout du couloir se trouve la mère supérieure. Elle est habillée en nonne et je sens déjà les poils de mes bras qui se hérissent de peur.

D'accord. Ce n'est rien. Je n'ai qu'à faire demi-tour et...

Alors que je tourne les talons, je tombe nez à nez avec mes camarades de chambre. Ils me regardent avec des sourires mesquins et, surtout, ne portent aucun vêtement. Je peux voir leurs sexes et entre les mains, ils tiennent fermement des morceaux de balai.

Non. Non, pas ça.

TOUT sauf ça. Je ne peux pas revivre ce moment, même si c'est dans un cauchemar. Il n'y a rien de plus douloureux. Rien de plus humiliant.

Pourtant, je n'ai que deux choix : la nonne ou les camarades.

Instinctivement, je recule, puis bifurque de nouveau pour me diriger vers la mère supérieure.

Tout est mieux qu'eux. Tout.

Le couloir me semble interminable et pourtant, je me rapproche. Et plus je progresse vers la nonne, plus je me rends compte qu'elle n'est pas ce qu'elle prétend. J'aurais dû me méfier. J'aurais dû les voir avant, mais je n'ai plus le choix. C'est pratiquement une réaction épidermique. Je ne me contrôle pas en avançant, et j'aperçois ses grands yeux qui, petit à petit, se nimbent de flammes. Et soudain, les vêtements de la nonne se mettent à brûler pour révéler son corps enflammé.

C'est lui.

C'est le Bouloulou.

Éric, Oscar et Matthieu se mettent à courir, derrière moi, en me hurlant qu'ils vont recommencer. Que le cauchemar va se poursuivre, qu'ils n'en ont pas fini avec moi et qu'ils finiront par me tuer.

Ce sont eux, mon cauchemar.

Ce sont eux, la vraie menace.

Pas lui.

Pas le Bouloulou vers lequel je suis maintenant en train de courir.

Comme s'il allait me sauver.

Comme s'il était rassurant.

Je déteste la société. Je déteste les gens parce qu'eux m'ont vraiment fait du mal. Lui, il est là, terrifiant, toujours à me hanter, mais jamais il n'a levé la main sur moi. Jamais il ne m'a agressé. Jamais je n'ai été touché par le Bouloulou.

Alors, éperdument, je cours dans sa direction, aussi vite que mes jambes peuvent me porter.

Regarder autour me semble de plus en plus compliqué et de toute manière, ce que j'y vois n'a rien de réjouissant.

Les images se dessinent comme des coups de pinceau sur une toile de maître. Ce sont des brutes, autour. Il y a des chevaliers du Moyen Âge, en train de décapiter sauvagement des scientifiques.

Mes pas me portent un peu plus vite, mais la barbarie continue, avec les Vikings qui causent des saccages sur les côtes.

L'humain est un monstre depuis si longtemps.

Sa société est viciée depuis le point de départ.

J'accélère encore. Je ne sens même plus mes jambes et elles me portent à toute vitesse en direction du Bouloulou.

Plus je progresse vers lui, plus j'ai chaud. Ses flammes crépitantes semblent m'appeler à cor et à cri et moi, je fonce.

Il a l'esclavage. La traite des Noirs, en toile de fond. Et je n'ai pas les mots tant j'ai envie de vomir.

Désormais, c'est la fresque humaine de l'Allemagne nazie qui se peint autour de moi, avec ses horribles camps d'extermination.

L'horreur humaine dans son intégralité, dans tout ce qu'elle a de plus sale et de plus sournois, semble me poursuivre. Comme si toute l'Histoire me revendiquait comme sa future victime à abattre.

Une victime future, puisque des événements, qui ne semblent pas encore s'être produits, se déroulent sous mes yeux avec une atrocité que je ne saurais décrire.

Alors que lui, il est là. Un être entièrement de feu, mais qui me semble tout à coup bien moins terrifiant que tout le reste.

Et lorsque je pose mon regard sur lui, dans ma course folle, je le vois… il écarte les bras. Prêt à m'accueillir.

J'ai le visage brûlant.

Mais avant que je ne puisse l'atteindre, je chute et impossible de reprendre ma respiration. Elle est coupée net. Je ne peux plus reprendre mon souffle. La sensation d'étouffement est si intense que j'ai l'impression de mourir.

Lorsque j'ouvre les yeux, je suis sur le dos, dans mon lit, et une douleur indescriptible m'envahit au niveau du bas-ventre.

Je ne parviens toujours pas à respirer et tout ce que j'entends, ce sont les rires moqueurs de mes camarades de chambre.

J'ai un doute. Suis-je bien réveillé ? Qu'est-ce qu'il se passe ?

Je reçois un nouveau coup. Dans les testicules. Et une fois de plus, il me coupe le souffle.

J'écarquille les yeux en grand, sous l'effet de la douleur.

– Alors, le merdeux ? T'étais en train de rêver du Bouloulou ?

Pourquoi disent-ils cela ? Comment peuvent-ils savoir ?!

– Il bande comme un taureau en pensant à son pote le Bouloulou.

L'horreur m'envahit lorsque je regarde au niveau de mon caleçon, gondolé par une érection nocturne, dans laquelle mes camarades s'amusent à frapper.

– T'es vraiment dégueulasse. En fait, t'as kiffé, le balai !

Et leurs rires ne se dispersent pas. Jamais. Ils se gravent dans ma tête comme une mélodie impossible à oublier. Un air dont on ne se débarrasse pas si facilement. Et une fois de plus, je subis leurs coups, sans rien pouvoir faire d'autre que de ravaler ma honte et de serrer les dents.

L'enfer, ce n'est pas *lui.* C'est *eux.*

Chapitre 19

Présent

J'ai tout regardé, et je n'ai pas ressenti grand-chose. Pourtant, Samir y a mis du sien. Durant la séance, il était à fond – et ce n'est rien de le dire ! Nous avons regardé *Hérédité*, et même si j'ai eu des frissons à l'idée de voir des mecs nus à la fin du film, ça ne m'a rien fait. Je n'ai pas eu peur alors que les autres sursautaient régulièrement : surtout Aurélie et Adrien. Il faut dire que Samir était investi dans l'ambiance générale.

Il s'est amusé à crier, à jeter des objets à travers la pièce pour nous faire croire à des esprits frappeurs ou à une présence inquiétante, mais de mon côté, rien du tout. C'est comme si j'étais anesthésié. Complètement. J'aurais dû m'en douter.

– C'était cool, non ? s'enthousiasme notre hôte.

– Plus jamais, rétorque Adrien.

– Alors là, je suis d'accord avec lui, poursuit Aurélie. C'était super flippant !

– Croyez-moi, c'est ce qui a rendu ce moment exceptionnel, se félicite Samir.

Tous les deux n'ont pas l'air convaincus du tout. Mais Samir se tourne plutôt vers moi.

– Cela dit, les amis, ce qui m'intéresse, c'est de savoir ce qu'Alexis en a pensé. Il n'a pas dit un mot, ou n'a pas crié de tout le film. J'espère que la peur était à l'intérieur, hein ?

Je fais la moue.

– Je suis obligé d'être sincère, Samir… ça ne m'a rien fait du tout.

Il plisse les yeux, comme s'il se mettait à réfléchir.

– Mmh… ce n'est pourtant pas un problème d'ambiance.

Non, aucun doute là-dessus, les autres ont vraiment été terrifiés. Je crois que le problème vient seulement de moi.

– Bon, alors, voilà ce que tu vas faire pour t'endurcir encore. Le Dr Samir te préconise des films d'horreur, quelques podcasts que je vais te recommander, et surtout d'aller peut-être… plus loin encore. Mais on verra ça plus tard.

Lorsque je rentre chez moi, je tourne et retourne cette soirée dans ma tête en essayant de comprendre pourquoi ça n'a pas fonctionné, mais la réponse me paraît évidente : je suis déjà habitué à l'horreur dans la vraie vie, je ne risque pas d'en avoir peur à travers un écran. Ce n'est pas si simple que ça.

Mais j'ai apprécié qu'Adrien soit là pour m'accompagner tout au long du processus. Et j'espère qu'il sera de nouveau là quand j'aurai besoin de lui...

Lorsque je retrouve Aurélie chez elle le lendemain, nous reparlons de la soirée de la veille.

– Vraiment, tu es en train de me dire que ça n'a servi à rien ?

Je secoue la tête.

– Je suis désolé.

– Ne t'excuse pas. Ce n'est pas de ta faute. Mmh... on devrait peut-être aller plus loin ?

– C'est quoi, au juste, l'étape d'après ?

– Eh bien... je me dis que tu n'as pas eu peur parce que tu savais qu'il s'agissait de fiction, non ? Tu pourrais peut-être te confronter au réel.

Là, j'ai un petit peu envie de hurler et de lui dire que je suis confronté à l'horreur réelle presque tous les jours, mais rien ne sort. Je sais qu'elle essaye juste de m'aider.

– On pourrait regarder de l'urbex, qu'est-ce que tu en penses ? Ça, au moins, c'est du vrai.

J'avoue que je n'ai même jamais réfléchi à la question de ce genre de vidéos. Je suis un néophyte total dans le domaine de l'horreur, mais j'acquiesce.

Alors, une fois de plus, en suivant les recommandations de Samir, nous nous mettons en condition pour regarder une vidéo.

Nous commençons à scroller sur YouTube et enchaînons les créateurs de contenu.

J'avoue que c'est déjà un peu mieux, mais l'effet n'est toujours pas au rendez-vous.

– Toujours rien ?

– Écoute, je suis effrayé par la vraie vie… là, j'ai toujours l'impression que c'est à travers un écran, de toute façon. Nous ne sommes pas en danger. Le danger, il est dehors.

– J'ai vu ce que tu dessinais, oui.

Elle a vu mes carnets ?!

– Ne prends pas cet air, me rassure-t-elle tout de suite, je crois que tu as beaucoup de talent, en dessin, Alexis. Tu es un super artiste. Le Bouloulou ne peut pas t'enlever ça.

Je crois que ses paroles me font un bien fou. Elle n'imagine pas à quel point. D'une certaine manière, il paraît qu'être artiste, c'est forcément avoir été cabossé et j'ai eu mon lot de bosses pour une vie entière. Bien sûr que j'ai des choses à raconter.

Toutes plus vraies et plus horribles les unes que les autres.

– Merci.

– Viens, on va regarder d'autres vidéos.

Et plus nous faisons défiler, plus je me demande... après tout, pourquoi ne pas carrément y aller ? Je veux dire, si je veux vraiment me challenger, si je veux vraiment avoir peur... pourquoi ne pas moi-même me mettre dans une situation comme celle-ci ?

Et puis, je confie l'idée à Aurélie.

– Tu es sérieux ? Mais... ça se prépare, non ?

– Tu m'accompagnerais ?

Elle hésite quelques instants, puis répond :

– Bien sûr, mais... pas seule. J'aimerais bien qu'on soit encadrés, tu ne crois pas ?

– Si, c'est une bonne idée. On pourrait peut-être contacter un créateur de contenu pour ça. Tu en penses quoi ?

Le sourire qu'elle me tend me laisse à penser qu'elle apprécie mes initiatives à ce sujet. Je suis là pour vaincre ma peur. Pour me mettre dans une situation d'urgence et de danger, et je n'ai pas l'intention d'y aller avec le dos de la cuillère. Le Bouloulou ne me terrifiera pas plus longtemps. J'ai besoin d'être poussé dans mes derniers retranchements.

À force de scroller, nous tombons sur les vidéos d'Arnaud, la trentaine, grand, noir, baraqué, qui n'a même pas trois cents abonnés et qui a laissé son mail. C'est l'occasion idéale de lui soumettre notre idée, sans vraiment lui dire pourquoi nous venons. Je ne voudrais pas qu'il se sente utilisé.

L'idée d'affronter mes peurs en faisant de l'exploration urbaine commence à germer dans mon esprit, et la présence d'Aurélie, toujours à mes côtés, renforce ma confiance. Nous décidons de contacter Arnaud. Il n'a pas encore beaucoup d'abonnés, mais ses vidéos sont impressionnantes, même si parfois j'ai l'impression que le matériel utilisé laisse à désirer. Ce n'est pas grave, l'idée, ce n'est pas de réaliser une bonne vidéo – dans notre cas –, mais de nous dépasser. Enfin, surtout de ME dépasser.

Je compose rapidement un mail pour lui expliquer notre projet, en insistant sur notre intérêt pour l'urbex et notre volonté de vivre une expérience intense. J'essaie de rester vague sur mes motivations profondes. À ma grande surprise, sa réponse arrive presque instantanément.

Salut Alexis ! Super content de recevoir ton mail !
Votre projet a l'air génial, je suis carrément partant.
Que diriez-vous de se retrouver samedi à 14 h
pour discuter des détails et faire connaissance ?
On pourrait se retrouver dans un café près de la gare
de l'Est. Hâte de vous rencontrer ! Arnaud

Je montre la réponse à Aurélie, qui sourit largement en lisant le message.

– On dirait qu'on a trouvé notre guide, rit-elle.

Le samedi arrive rapidement, et nous nous retrouvons tous dans un café animé près de la gare de l'Est. Arnaud est exactement comme dans ses vidéos : grand, musclé, avec un sourire chaleureux qui met tout de suite à l'aise. Après les présentations d'usage, il sort une carte de son sac et la déplie sur la table.

– Voici le plan, commence-t-il. Nous allons explorer une maison abandonnée en Seine-et-Marne. L'endroit est réputé pour être hanté. Il y a quelques années, un homme y a tué toute sa famille avant de se suicider devant un miroir. Beaucoup de gens disent que les esprits de la famille hantent encore la maison.

Pourquoi les fans d'horreur sont-ils toujours si excités à l'idée de voir des choses glauques ? Je leur prêterais volontiers ma vie, si je le pouvais. Je suis sûr qu'ils seraient tout de suite moins enclins à verser dans ce domaine.

– OK… et… on va faire quoi ? demandé-je.

Arnaud sourit de manière énigmatique.

– L'objectif de la vidéo est de se balader dans la maison, de capturer des preuves d'activité paranormale, et peut-être même d'invoquer les esprits. Rien de dangereux, promis. Juste une bonne dose d'adrénaline. Enfin, après… qui sait ce qu'on peut voir, hein ?

Aurélie serre ma main sous la table. Son expression oscille entre excitation et nervosité.

– Ça va aller, murmure-t-elle. On est ensemble.

Je prends une grande inspiration et me tourne vers Arnaud.

J'arrêterai d'avoir peur de ce maudit Bouloulou !

– D'accord. Ça me va.

Arnaud hoche la tête avec enthousiasme.

– Parfait ! Rendez-vous samedi prochain. En attendant, préparez-vous bien. Il est prévu qu'il pleuve ce jour-là, donc habillez-vous en conséquence.

La semaine qui suit est une montagne russe d'émotions pour moi. Entre l'excitation de l'aventure à venir et l'angoisse de ce que nous pourrions découvrir, je me sens constamment sur le fil du rasoir. Aurélie, Adrien et moi échangeons des messages réguliers pour nous assurer que tout est prêt.

Je crois que mon frère s'inquiète. Il passe son temps à m'envoyer des messages à ce sujet.

Tu es sûr que ça ira ?!

Mais oui, certain !

Bouloulou

Alex, écoute, je ne veux pas que ça crée
de nouveaux traumatismes, chez toi.
Tout le monde s'inquiète…

Tu es de mon côté
ou de celui des parents ?

De ton côté, bien sûr

Alors fais-moi confiance.
Je sais ce que je fais

Enfin, je crois…

Chapitre 20

Passé

Ce sont eux, les monstres.

C'est ce que je me répète en boucle, dans ma tête. L'internat, c'est l'enfer et l'enfer est peuplé de démons.

Au fond de moi, il y a une colère sourde qui gronde. Elle monte en reptation depuis mon ventre jusqu'à mon cerveau, en passant lentement par ma colonne vertébrale. Elle me donne des frissons, tant elle est puissante. J'ai l'impression de pouvoir la toucher. Elle est… presque palpable. Cette rage… jamais elle ne me quittera, j'en suis certain.

Dans un premier temps, j'ai pleuré. Parce que je me sens comme une cocotte-minute prête à exploser à tout moment. Comme si la soupape allait céder.

Et puis, aussi étrange que cela puisse paraître, je me suis accoutumé à la haine. Parce qu'elle forme une carapace extraordinaire pour se protéger du quotidien.

Quand ils s'approchent de moi, je sens cette colère qui bouillonne. Je serre les poings, je serre les dents. Les humiliations, les coups, les insultes… chaque jour, ils ajoutent une couche à cette armure de rage. Chaque rire moqueur, chaque regard de mépris, chaque mot cruel devient une pierre dans le mur que je construis autour de moi.

Je réclame vengeance. Tout mon corps la réclame.

Je me suis promis que je ne pleurerais plus. Les larmes sont pour les faibles, et je refuse d'être faible. J'ai appris à m'endurcir, à encaisser les coups sans broncher, à ne plus leur donner la satisfaction de voir ma douleur. Je suis devenu une statue de pierre, insensible à leurs attaques.

Mais à l'intérieur, cette rage grandit. Elle se nourrit de chaque injustice, de chaque souffrance. Parfois, elle me fait peur. J'ai peur de ce que je pourrais devenir si je la laissais sortir. Peur de perdre le contrôle, peur de devenir comme eux, les monstres.

Mais peut-être bien que je devrais…

Je suis en train de réfléchir sur mon sort, dans la chambre, lorsque Éric me tire de mes songes.

– Encore en train de penser au Bouloulou, pédé ?

Ses mots résonnent en moi comme une caisse claire.

Je me sens heurté. Souillé.

– Tu réponds pas ? T'as perdu ta langue ? T'es pas en train de penser à sa grosse queue de fantôme ?

Il n'obtient pas un mot de ma part, alors il part en riant.

Bientôt, il ne rira plus.

Il a mis le doigt sur une colère sourde, à l'intérieur de moi. Pourquoi ? Pourquoi ai-je choisi le Bouloulou, à ce moment-là ? J'aurais pu courir vers eux, mais c'est auprès de lui que j'ai trouvé du réconfort.

Parfois, j'ai l'impression qu'il m'a pris dans ses bras et qu'il s'est emparé de qui je suis. Que la haine qui me ronge à son égard est la même que celle que je voue à la société tout entière. Comme si… ces rages ne faisaient plus qu'une.

Le soir, je les entends rire et s'enfuir par la porte de la chambre. Ils vont sûrement rejoindre la chapelle pour fumer, ou pour faire des conneries.

Mes pieds touchent le sol froid et, comme une ombre, je les suis.

Mon être tout entier hurle vengeance.

Ils sont, comme prévu, en train de fumer dans la chapelle. Je les écoute parler de leurs vies, de leurs problèmes, de leurs familles… et de moi.

Je les écoute m'insulter de tous les noms, parler des abominations qu'ils me feront subir dans les prochains jours, et de toute la souffrance que je vais endurer.

Et j'enrage. Encore.

Je ne peux plus les supporter.

Je reste tapi dans l'ombre, jusqu'à ce qu'ils décident de se séparer, puisqu'Éric décide d'aller aux toilettes communes avant de rentrer dans la chambre.

Grave erreur de sa part.

Je serre fort les ciseaux que j'ai entre les mains.

Je me sens prêt.

Au moment où j'entends qu'il tire la chasse, je me présente devant la porte.

– Qu'est-ce que… ?

Il a l'air surpris.

– Qu'est-ce que tu fous là, le pédé ?

Sans crier gare, je lui donne un coup sur la tête, avec la poignée des ciseaux.

Il tombe net, comme un poids mort.

Maintenant, c'est à moi de jouer. Je vais le faire taire. Pour toujours.

C'est une vraie boucherie. J'attrape sa langue, et d'un coup sec de ciseaux, je tente de la lui trancher, mais sans succès. Je parviens à l'entailler et mes doigts se perdent dans le sang chaud de sa bouche, mais pour le moment, elle est toujours là, à gesticuler, à me narguer.

Il ouvre les yeux, alors qu'il s'égosille dans son propre sang, et cette fois, je parviens à la lui trancher.

– Alors, tu as perdu ta langue ?

Je la tiens entre mes mains. Il ne pourra plus jamais rien dire. Il ne pourra plus parler, proférer de menaces, d'insultes, rien. Puisque j'ai pris le pouvoir. Il est là, chaud et encore humide, presque gluant entre mes doigts.

Éric a les yeux remplis de terreur et il commence à hurler. Je ne peux pas le laisser alerter tout le monde.

– Tu m'as demandé si on m'avait pris ma langue, pas vrai ? Pas vrai que tu l'as demandé, hein ?

– Mmmmmh ! Mmmmmh !

Ses hurlements, à travers mes doigts refermés sur sa bouche, sont comme une extase. Pour une fois, je ne suis plus la proie. Je suis le prédateur. Et basculer de l'autre côté est d'une facilité déconcertante…

De nouveau, je lui porte un coup sur la tête pour l'assommer et je ressens une puissante satisfaction.

Je le contemple quelques instants, là, au milieu de la nuit, baignant dans son propre sang.

Je dois quitter cet endroit.

C'est pour tout ce qu'ils m'ont fait subir.

Il le mérite.

Ce sont des monstres.

Ce n'est pas moi, le monstre. C'est eux.

Je profite de mon crime avec une passion débordante.

Mais soudain, la froide réalité m'apparaît : ils vont le retrouver, demain. Ils vont le retrouver et il me dénoncera et moi, je vais finir ma vie dans une prison.

Non. Il doit disparaître.

Et personne ne doit savoir que c'est moi. Personne.

Je reviens sur les lieux du crime, puis transporte son corps, encore assommé et ensanglanté, et avise la fenêtre.

Elle donne sur le rez-de-chaussée. Nous sommes au deuxième étage. Une chute comme celle-ci, avec une réception sur la tête, pourrait lui exploser le crâne assez facilement et détruire les preuves. Du moins, je crois.

Je le soulève, puis le penche sur le rebord en le tenant par les pieds jusqu'à lâcher prise, dans une extase que je ne pensais pas pouvoir ressentir.

J'entends son corps s'écraser lourdement contre le pavé, en bas. Et, non sans une certaine satisfaction, je regarde mon œuvre : son corps désarticulé, son crâne explosé, dont le contenu se répand probablement entre les striures de la chaussée et moi, je jubile.

Il est temps de me laver de tout ce sang, et de reprendre ma place dans la chambre.

Je suis à la fois terrifié et en pleine harmonie avec moi-même…

Chapitre 21

Présent

Le jour tant attendu arrive enfin. La pluie tambourine déjà sur notre dos. Je me sens nerveux, mais déterminé. Je vais affronter mes peurs, et cette maison hantée sera le théâtre de ma confrontation. Il n'y a pas d'autre solution. Ou en tout cas, je n'en vois pas d'autre. Je crois que je pourrais enfin devenir moi-même, ou comprendre certaines choses sur moi.

Nous nous retrouvons tous à l'endroit convenu, et comme prévu, Arnaud est déjà là, équipé de matériel de tournage et vêtu d'un imperméable sombre. Aurélie me rejoint, visiblement aussi nerveuse que moi, mais elle me sourit – comme pour m'encourager.

– Prêt ? demande Arnaud en nous voyant arriver.

Je hoche la tête en serrant la main d'Aurélie pour me donner du courage. Nous montons tous les trois dans la voiture d'Arnaud, et il nous conduit à travers les routes sinueuses de la campagne, jusqu'à la maison abandonnée en Seine-et-Marne.

Lorsque nous arrivons, la maison se dresse devant nous, sinistre et imposante sous la pluie battante. La façade est délabrée, les fenêtres brisées, et une aura de désolation semble émaner de chaque brique. La végétation envahit les murs, et une atmosphère de malaise règne autour de la propriété.

Le domaine se trouve à côté d'une ancienne ferme et il est entouré de murs. Je devine que nous allons devoir les escalader.

– Voilà, c'est ici, déclare Arnaud en sortant de la voiture.

Lui, il a l'air content. Il sait qu'il va pouvoir tourner une bonne vidéo. Dans mon cas, j'avoue que je ne suis pas rassuré du tout – ce qui est aussi l'objectif initial, en fin de compte.

Nous descendons, et je ressens immédiatement un frisson d'angoisse. La pluie martèle le sol et nos vêtements, et le vent fait claquer les branches des arbres alentour. La maison semble nous observer, comme un prédateur prêt à bondir sur ses proies.

Aurélie s'accroche à mon bras, et je sens sa nervosité. Même Arnaud, habituellement si confiant, affiche une expression plus sérieuse que d'habitude. Ou alors, il joue peut-être un rôle pour se mettre dans l'ambiance de sa vidéo à venir. Je ne sais pas.

– On va commencer par explorer l'extérieur, propose Arnaud. On peut déjà essayer de capter des bruits étranges ou des mouvements. Ensuite, on entrera dans la maison.

Nous avançons prudemment, éclairés par les lampes de poche qu'Arnaud a apportées. Chaque pas résonne dans le silence oppressant de la nuit. Les flaques d'eau sous nos pieds créent des échos sinistres.

– Allez, on grimpe !

Arnaud attrape ses affaires pour les mettre sur son dos, puis commence son ascension du mur.

Bon sang… il a fait ça toute sa vie ou quoi ?

Je crois que l'urbex et lui, c'est vraiment une grande histoire d'amour.

Avec Aurélie, nous l'imitons, mais avec un peu moins de grâce.

La façade de la maison, malgré la pluie, est terrifiante. Il y a les volets qui pendent, les fenêtres brisées, les graffitis obscènes… rien n'aide à se sentir à l'aise, ici. Arnaud filme tout, en murmurant des commentaires pour sa vidéo, mais son enthousiasme semble un peu forcé.

Nous sommes toujours dans le jardin, mais il connaît l'endroit. Il l'a étudié avant de venir.

– Ici, c'est l'endroit où la famille a été retrouvée, explique-t-il en pointant une fenêtre barricadée. Ils disent que les esprits hantent encore cet endroit.

Un coup de tonnerre résonne et je sursaute. La lumière des éclairs illumine brièvement la maison, en projetant des ombres mouvantes et inquiétantes. Surtout celle d'un piano, abandonné dans le jardin, sous la pluie.

– On entre ? propose Arnaud.

Il a une lueur de défi et d'excitation dans les yeux. Il est comme Samir, en fin de compte. Il aime l'horreur, c'est tout ce qui lui plaît et pour lui, cette situation est on ne peut plus normale.

Je prends une profonde inspiration. Le moment est venu. Je dois affronter cette peur, cette angoisse qui me ronge depuis tant d'années. Le Bouloulou ne me contrôlera plus. Je serre la main d'Aurélie une dernière fois, puis hoche la tête.

– Oui, entrons.

Nous nous dirigeons vers la porte d'entrée, et Arnaud l'ouvre avec précaution. Un grincement sinistre résonne dans l'air, et nous pénétrons dans l'obscurité oppressante de la maison.

– OK, dans un premier temps, on va faire une prise au drone.

Arnaud dégaine son matériel, pose le drone au sol et le fait décoller à l'aide de sa manette. Il y a même une petite lampe, au bout de l'engin.

– Avec ça, je vous jure qu'on va avoir des prises incroyables sur la maison. Alors, pour le moment, qu'est-ce que ça dit ?

Je n'ai même pas envie de répondre.

Là, il est dans son élément et moi, pas du tout. Je reconnais que là, on parle sérieusement, pour une incursion dans l'horreur.

Et puis, Arnaud tourne la caméra vers lui.

– OK les amis, aujourd'hui, vous voyez, je suis accompagné. On a décidé de faire cet urbex à plusieurs et à vrai dire, c'est plutôt une bonne nouvelle vu que c'est ultra flippant. Je vais vous raconter un peu l'histoire de cette maison, avant d'aller plus loin.

En même temps qu'il parle, nous avançons dans les décombres. Je garde la main d'Aurélie bien serrée dans la mienne.

– Ici, un homme a tué sa famille avant de se suicider devant un miroir. On ne connaît pas vraiment les raisons qui l'ont poussé à commettre ce massacre, mais il y a quelques soupçons. Les enquêteurs ont conclu qu'il s'agissait peut-être d'une faillite personnelle. L'homme aurait eu trop honte de tout ça, et il aurait décidé d'en finir avec lui et avec les siens.

Nous continuons de marcher. Je ne parviens même pas à identifier ce qui se trouve sous mes pieds et, de toute façon, je ne suis pas certain d'en avoir envie.

– Beaucoup d'explorateurs se sont enfuis en courant de la maison, après avoir entendu le bruit d'un... miroir se briser.

Une peur sourde remonte en moi et me fait dresser les poils sur les bras.

Et alors qu'il marque un instant de silence, je me tourne vers Arnaud.

– Tu dis ça pour tes fans, ou... ?

– Non, je suis hyper sérieux. Quand je fais de l'urbex, je me donne vraiment à fond, tu sais. Je ne dis que la vérité. Je n'en rajoute jamais.

OK, du calme, Alexis... SA vérité n'est peut-être pas TA vérité...

À chaque fois que je marche, ça grince. Mes sens sont comme... décuplés. Tous les sons me semblent amplifiés. Je suis à l'affût du moindre bruit, du moindre mouvement.

Cet endroit n'est vraiment pas rassurant.

– OK, je vais aller faire quelques explications un peu plus loin. Vous venez ? Je vais changer d'angle.

Je hoche laconiquement la tête et Aurélie serre ma main un peu plus fort, lorsqu'une ombre minuscule attire mon attention, dans un coin du couloir. Elle se précipite vers l'étage.

– Tu viens ? demande Aurélie.

– Je... Une seconde, je te rejoins.

Je lâche sa main quelques instants, sous son regard inquiet, pour suivre l'ombre aux pattes griffues. On dirait qu'elle me fuit.

Je monte les marches avec précaution. Aurélie n'est plus derrière moi. Elle sait qu'au fond, tout ceci, nous le faisons pour moi. J'imagine qu'elle souhaite me laisser vivre mes propres expériences.

Lorsque je coince enfin l'ombre mouvante, je me trouve dans une chambre pour enfant, au décor austère.

Je pousse doucement la porte, qui s'ouvre dans un grincement sinistre.

Les murs de la chambre d'enfant sont recouverts de papier peint à motifs de nuages et d'étoiles, mais ils sont maintenant déchirés et jaunis par le temps.

Un vieux berceau en bois, à moitié renversé, occupe le centre de la pièce.

Ça y est ! Elle est là ! L'ombre se faufile au milieu des jouets cassés qui sont éparpillés sur le sol, couverts de poussière et de toiles d'araignées.

– Je te tiens !

Un mobile au-dessus du berceau, autrefois décoré d'étoiles et de lunes, pend maintenant de travers et l'ombre tente de s'y glisser.

– Pff... ce n'est qu'une souris.

La fenêtre, partiellement ouverte, laisse entrer un filet de lumière de la lune. Elle illumine partiellement la pièce et projette de drôles d'ombres dansantes sur les murs. L'atmosphère est étouffante, remplie d'un silence oppressant, seulement perturbé par le bruit de la pluie martelant le toit.

Et au moment où elle se sait coincée, la souris s'immobilise et c'est là que mon regard croise le sien. Elle me regarde quelques instants, et je crois lire une forme de terreur dans ses yeux.

Avec la précipitation de l'effroi, la souris n'hésite pas un instant et se jette par la fenêtre, sous mes yeux ébahis.

– Hé ! Mais...

Lorsque je penche la tête pour l'apercevoir, je la vois, en bas, écrasée au sol. Elle ne bouge plus. Son corps est immobile, sous la pluie.

Qu'est-ce qu'il se passe, ici ?...

– Alex, t'es où ?

C'est la voix d'Aurélie.

– Je suis là, j'arrive !

Je la rejoins en bas, avec Arnaud.

– Qu'est-ce que tu faisais ?

– Rien, je... j'explorais un peu, c'est tout.

– C'est le thème, reprend le youtubeur. Bon, qu'est-ce que vous diriez d'invoquer les esprits ?

Cette simple idée me donne des frissons terribles.

– Je n'ai jamais fait ça tout seul, explique-t-il en déposant ses affaires dans ce qui ressemble à une salle à manger. J'avais trop peur de déclencher des réactions, des possessions, des choses comme ça... mais puisque vous êtes là...

– Je ne suis pas certaine de...

– Oh, allez... On doit jouer le jeu jusqu'au bout !

Arnaud a raison. Je suis là pour affronter mes peurs et je ne renoncerai pas.

Je prends une profonde inspiration, puis hoche la tête.

– D'accord. Faisons-le.

Arnaud sourit et sort un petit enregistreur de sa poche.

– Très bien. Éteignons les lampes torches pour créer l'ambiance. On se tient tous par la main et on commence à poser des questions.

L'idée d'être dans le noir complet me terrifie, mais je n'ai pas le choix. Nous éteignons nos lampes torches une à une, plongeant la pièce dans une obscurité totale. La seule lumière provient des éclairs occasionnels qui illuminent brièvement la pièce, projetant des ombres menaçantes sur les murs.

– Tenez-vous par la main, chuchote Arnaud.

Je prends la main d'Aurélie à ma gauche et celle d'Arnaud à ma droite. Leur présence me rassure un peu, mais je peux sentir leur nervosité.

– On commence, lance Arnaud. Si vous êtes ici, pouvez-vous nous donner un signe de votre présence ?

Le silence s'installe, pesant et oppressant. Le bruit de la pluie sur le toit semble s'intensifier. Je peux entendre la respiration rapide d'Aurélie à côté de moi.

– Quel est votre prénom ? demande Arnaud.

Sa voix tremble légèrement et moi, mon cœur s'agite un peu.

Rien. Seulement le silence, entrecoupé par le tonnerre et le bruit de la pluie. Je ferme les yeux, pour essayer de calmer les battements frénétiques de mon cœur.

– Pourquoi êtes-vous ici ? continue Arnaud. Que voulez-vous ?

Nous attendons, suspendus à chaque son, chaque mouvement. L'obscurité amplifie toutes les sensations. Elle rend chaque bruit plus intense, chaque frisson plus terrifiant. Je sens la main d'Aurélie trembler dans la mienne, et je me demande si elle ressent la même peur viscérale que moi.

– Est-ce que vous nous entendez ? murmure-t-elle.

Un léger courant d'air traverse la pièce. Il fait frémir les vieux rideaux et crée un bruit de froissement. Je retiens mon souffle, en tendant l'oreille pour détecter le moindre signe, la moindre réponse.

C'est sûrement le vent.

– Tu as entendu ça ? demande Aurélie. C'était… c'était quoi ?

– S'il vous plaît, donnez-nous un signe, répète Arnaud.

Sa voix se fait plus pressante.

Un craquement retentit soudainement dans un coin de la pièce, comme si quelqu'un ou quelque chose avait bougé. Aurélie serre ma main plus fort, et je sens la tension monter dans notre petit groupe.

– Vous avez entendu ça ? murmure Arnaud.

– Oui, rétorqué-je.

Nous restons immobiles pour écouter attentivement, mais le silence revient, lourd et oppressant. L'atmosphère devient de plus en plus suffocante, chaque seconde qui passe rend l'attente plus insupportable encore que la précédente.

Arnaud enclenche sa GoPro. Je sens qu'il est prêt à capter quoi que ce soit.

– Vous avez entendu ça ?! s'exclame-t-il avec un timbre apeuré. Vous l'avez entendu, pas vrai ?

– Entendu quoi ? demandé-je.

– Oui, gémit Aurélie. J'ai… j'ai entendu.

– Moi je n'ai rien entendu.

Arnaud se tourne vers moi.

– Il a parlé.

Il décroche la caméra de sa tête, pour la prendre entre ses mains.

– Je suis sûr d'avoir filmé quelque chose, je… On va voir ça ensemble.

Mon sang se glace, au moment où il montre ce qu'il a capturé. Sur l'image, on voit apparaître deux grands yeux orange qui brillent dans le noir, comme des pierres précieuses.

Putain, il est ici.

Instinctivement, je me tourne dans la direction où Arnaud filmait, lorsque le youtubeur se tourne vers moi avec un air suspicieux.

– Quoi ? Qu'est-ce que tu as ?

– Mais… attends… à ce moment-là… c'était toi que j'étais en train de fil…

– Ahh !

Aurélie se met à hurler, après un craquement sinistre. Sa jambe vient de s'enfoncer dans le parquet.

– Aidez-moi ! C'est horrible, putain, qu'est-ce qu'il se passe, ici ?!

– On va te tirer de là, lancé-je en lui attrapant la main.

Merde, elle s'est presque enfoncée jusqu'à la cuisse. Est-ce que c'est seulement possible ?

– Putain, c'est trop pour moi !

Arnaud plie bagage sans demander son reste. Il remballe ses affaires et s'en va sans même nous demander les lampes torches.

– Attends, tu te fous de nous, là ? Tu pars ?

– Continuez à deux !

Il se précipite vers la sortie à toute vitesse, sans regarder derrière lui.

Et merde ! Il nous abandonne ici, avec Aurélie dans la panade !

– Je vais t'aider, attends !

Je rallume ma lampe torche pour voir l'état des dégâts.

Elle est sacrément enfoncée dans le parquet.

– Comment tu te sens ?

– C'est hyper douloureux, gémit-elle. Je sens que ça m'a... que ça m'a profondément écorchée. S'il te plaît, tire-moi de là.

Il n'y a rien de plus horrible que de voir ses larmes.

– Je vais t'aider.

J'essaye de la tirer de toutes mes forces, mais rien n'y fait. Tout ce que je déclenche, ce sont de nouveaux cris de douleur de sa part.

– Arrête !

– Pardon ! Pardon !

Je tourne comme un lion en cage et donne un coup dans un détritus.

– Et merde ! J'appelle les urgences.

– Non ! lance-t-elle. Ne fais pas ça ! On n'est… on n'est pas censés être là, tu te souviens ?

– Je m'en fous !

– Non ! Appelle Adrien !

Je me redresse puis attrape mon téléphone.

OK, OK, pas de panique… tout va bien se passer…

Lorsqu'il décroche, il a déjà la voix tremblante.

– Allô ?

– S'il te plaît, viens nous chercher. Aurélie est blessée, je…

– Envoie-moi ta position, j'arrive tout de suite.

Rapide, efficace et nerveux. Ça, c'est tout Adrien. Lorsque je raccroche, je lui envoie notre position géographique par SMS.

Je serai là dans 45 min

Quarante-cinq ?! Bordel de bordel… Est-ce qu'elle va tenir jusque-là ?!

– Aurélie ! Ça va ? Tu m'entends ?

– Ouais. Alors ?

– Il… il va arriver, mais il n'est pas à côté.

J'inspecte l'état de sa jambe. Bon sang, elle ne s'est pas ratée. Le parquet a tout simplement cédé sous elle. Sans crier gare.

– Je suis tellement désolé de t'avoir poussée à venir ici…

– Arrête, ne dis pas ça. Je suis contente d'être venue, je… enfin… même si j'aurais aimé que ça se passe autrement.

– Aurélie…

– Alexis, je… je t'accompagnerai. Où que tu ailles, d'accord ? Je t'aime.

Juste à côté de nous, un chandelier s'écroule.

Qu'est-ce que c'est que cette merde ?!

Et tout à coup, la vérité me frappe en plein visage.

De nouveau, il est là.

De nouveau, il souhaite me prendre ce que j'aime et ce que j'ai de plus cher, pour rendre ma vie plus misérable encore à chaque fois.

Je serre la main d'Aurélie, mais une peur glaciale m'envahit. Si je lui montre mes sentiments, si je lui avoue que moi aussi je l'aime, il s'en prendra à elle. C'est ainsi depuis toujours : dès que je m'attache à quelqu'un ou à quelque chose, il intervient pour tout détruire.

– Aurélie, écoute-moi, lâché-je d'une voix tremblante. Tu ne dois pas rester ici. C'est dangereux.

– Alexis, je suis blessée. Je ne peux pas partir sans toi, répond-elle en gémissant de douleur.

– Je sais, mais... tu ne comprends pas. Si je t'aime, il te détruira. Je ne peux pas te perdre, je ne peux pas te mettre en danger comme ça. Si je m'autorise à t'aimer, alors... je te perdrai !

– Qu'est-ce que tu racontes ? demande-t-elle avec les yeux brillants de larmes. Alexis, tu ne vas pas me perdre. Je suis ici, avec toi. Nous allons sortir de là ensemble.

– Non, Aurélie. Je... je ne t'aime pas.

Les mots sortent de ma bouche comme des lames et ils semblent trancher la dernière parcelle de lumière qu'il restait dans cette maison maudite.

– Quoi ? murmure-t-elle, dévastée.

– Je ne t'aime pas. Je ne peux pas t'aimer, rétorqué-je. C'est pour ton bien. Tu dois comprendre. Je... je dois contrôler ça.

Son visage se fige, la douleur émotionnelle se mélangeant à celle physique.

– Tu mens. Pourquoi tu dis ça ?

– Parce que c'est la vérité, mens-je. Parce que c'est mieux pour toi.

Juste à ce moment-là, un autre craquement sinistre résonne dans la maison. Les ombres semblent se mouvoir, comme si elles prenaient vie. Je peux sentir la présence du Bouloulou. Sa malveillance est là, dans l'ombre, palpable.

– Alexis... s'il te plaît, ne fais pas ça, supplie-t-elle. Ne dis pas des choses pareilles.

– Je suis désolé, Aurélie. C'est la seule façon de te protéger. Je dois contrôler... ce que je ressens pour toi.

– Mais l'amour est incontrôlable !

Nouveau coup de tonnerre et cette fois, c'est une parcelle du toit qui s'effondre à côté de nous. Aurélie hurle et moi, j'aperçois une lueur rouge malfaisante dans les interstices laissés par sa jambe dans le parquet. En dessous d'elle, c'est comme si une fournaise infernale était en train de se former.

Si je continue de l'aimer, elle mourra...

Si je persiste dans ces sentiments, bientôt, elle n'existera plus et il aura gagné une fois de plus.

Je dois me refermer. Me refermer à tout, pour la protéger.

Les mots d'Aurélie résonnent dans ma tête, mais je sais ce que je dois faire. Pour elle. Pour nous. Pour que le Bouloulou ne gagne pas encore une fois.

– Non, Aurélie. Je ne peux pas... Je ne veux pas. Je dois te protéger. Si je m'autorise à t'aimer, il te prendra. Il nous détruira.

Les larmes coulent sur ses joues, mêlées à la douleur physique de sa jambe prisonnière du parquet.

– Je refuse de te perdre, murmure-t-elle, désespérée. Alexis, je…

Un craquement sinistre interrompt ses paroles, et je vois le plancher se fissurer davantage. La lueur rouge en dessous devient plus intense. Il va l'avaler.

Je me tourne vers elle. J'ai le cœur brisé, mais je suis résolu.

– Je ne t'aime pas, Aurélie. Je ne t'ai jamais aimée. C'est la vérité. Je ne peux pas aimer. C'est tout.

Elle éclate en sanglots. Ses yeux sont remplis de douleur et d'incompréhension.

– Pourquoi ? Pourquoi tu dis ça ? Tu sais que ce n'est pas vrai…

Je détourne le regard, incapable de soutenir ses yeux suppliants. Chaque mot que je prononce est une lame qui me lacère de l'intérieur.

– Parce que c'est la seule façon de te sauver, murmuré-je.

À ce moment-là, Adrien arrive en trombe, son visage marqué par l'inquiétude.

– Qu'est-ce qui se passe ici ?! J'ai grillé tous les feux sous la pluie, c'est un miracle que je sois encore en vie !

– Aide-moi à la sortir de là, lancé-je d'une voix pressée par l'urgence.

Nous tirons ensemble, avec une force désespérée, jusqu'à ce qu'Aurélie soit enfin libérée du parquet maudit. Elle est blessée, mais vivante.

– On doit sortir d'ici, maintenant ! ordonne Adrien.

– Merci !

Au moment où je prononce ce simple mot, l'un des murs de la maison se met à trembler, comme s'il cherchait à se détacher de ses fondations pour nous ensevelir.

Alors, lui aussi, je dois l'oublier ?

Lui aussi, je dois m'en défaire ?

– On va à l'hôpital ! lance Adrien. Allez !

Lorsque Aurélie entre dans la voiture, elle est inconsciente. Et moi au contraire, je suis, plus que jamais, conscient de ma situation. De l'éternelle solitude dont sera désormais composée ma vie.

Et en regardant la maison s'éloigner, à travers la vitre de la voiture, j'ai l'impression de la voir sourire. J'ai le sentiment qu'elle me nargue.

Que plus rien ne sera jamais comme avant, désormais.

Chapitre 22

Passé

– Est-ce que ça t'a affecté ?

Je ne réponds rien. La psychologue me regarde comme si j'étais une victime. Ce qu'elle ne sait pas, c'est que ce crime, j'en étais l'auteur. Et à chaque fois que j'y repense, je suis tiraillé entre la joie et la culpabilité.

– Oui.

Je mens. Enfin, pas totalement. Tout ça n'a pas été évident. Lorsque la police est arrivée, ils ont découvert le corps sans vie de ma victime et une enquête a été ouverte.

Sur ce coup-là, j'ai eu de la chance. Il se trouve que la police était à la recherche d'un tueur en série, dans le coin. *A priori*, ce genre de chose est déjà arrivé. Pas dans ces conditions, mais ils n'ont jamais songé que le coupable puisse être un élève de cet établissement catholique tranquille.

J'ai pu filer en douce et rentrer chez moi. Mais bien sûr, tout le monde a préconisé un soutien psychologique pour ce qu'il s'est passé.

Et donc, me revoilà chez la même psychologue. Encore et toujours.

– C'est normal... et est-ce que tu es content d'être revenu ?

Je prends quelques instants pour réfléchir.

– Oui.

Forcément. Ce qu'il s'est passé a fait les gros titres des journaux et j'ai pu m'en tirer à bon compte en me faisant passer pour une victime. Et puis, comment ne pas être heureux d'avoir quitté cet endroit maudit ?

Il a eu ce qu'il méritait...

– Tu étais plus loquace la dernière fois, Alexis.

La dernière fois, je n'avais pas tué quelqu'un.

– Parle-moi un peu de l'internat. C'était comment ?

– C'était horrible. J'ai détesté chaque instant que j'y ai passé.

Elle hoche la tête, comme si elle comprenait tout, alors qu'elle ne comprend rien. Son regard compatissant ne m'atteint pas. Je suis une coquille vide, une ombre qui hante la réalité.

– Qu'est-ce qui était le plus difficile pour toi ?

Tout. Chaque seconde, chaque souffle, chaque sourire narquois de mes camarades. Mais je ne peux pas lui dire ça. Elle ne saurait pas quoi en faire.

– Les autres garçons, je suppose, rétorqué-je finalement. Ils étaient... cruels.

– Et comment as-tu fait face à cette cruauté ?

Je réfléchis un instant. Je pourrais lui dire la vérité, lui raconter l'histoire d'Éric, de sa langue tranchée, de son corps désarticulé, de la satisfaction morbide que j'ai ressentie. Mais je ne peux pas. Pas encore.

– J'ai essayé de m'endurcir, de ne pas leur montrer qu'ils me faisaient du mal.

Elle note quelque chose sur son carnet. Ses yeux passent rapidement de moi à la page.

– Et tu as réussi ?

Je hoche la tête, mais je sens mon estomac se tordre. Mentir devient de plus en plus facile, presque une seconde nature. Peut-être que ça fait de moi un monstre, tout comme eux.

– Oui, je crois.

Elle repose son stylo et me fixe de nouveau. Son regard perçant semble chercher des réponses au-delà de mes mots.

– Alexis, il est important que tu saches que ce que tu ressens est normal. La colère, la douleur, même la haine... ce sont des réactions naturelles à ce que tu as vécu.

Je déglutis, mais la boule dans ma gorge ne disparaît pas. Naturelles ? Rien de ce que je ressens ne semble naturel. Tout est tordu, brisé, irréparable.

– D'accord, murmuré-je.

Elle sourit doucement, un sourire qui se veut réconfortant, mais qui ne fait que renforcer mon sentiment d'aliénation. Nous vivons dans deux mondes différents, elle et moi. Le sien est fait de compréhension et de soutien, le mien de sang et de silence.

– Est-ce que tu veux parler d'autre chose aujourd'hui ?

Je secoue la tête. Parler ne changera rien. Les mots ne peuvent plus rien pour moi.

– Non, merci.

Elle se lève et vient s'asseoir à côté de moi, posant une main réconfortante sur mon épaule.

Sauf que cette fois, ce n'est plus la gentille psychologue, mais le Bouloulou. Il te regarde. Avec ses yeux de feu. Tu la sens, toi aussi, cette odeur de brûlé ?

Mais personne ne les remarque jamais. Ni les yeux. Ni l'odeur.

– On se reverra, lance-t-il de sa voix profonde.

Et soudain, je suis terrifié. Partagé entre l'effroi et le réconfort.

J'ai un mouvement de retrait.

– Tout va bien ? demande la psychologue.

Je regarde autour de moi, comme un combattant qui revient de la guerre et qui a un mal fou à se réadapter à la vie civile.

– Qu'est-ce que vous avez dit ?

– J'ai dit qu'on se reverrait la semaine prochaine.

Puisque je ne réponds rien, elle se permet de reprendre :

– Tu n'es pas seul, Alexis. Nous sommes là pour t'aider.

Je hoche la tête, mais intérieurement, je suis ailleurs, perdu dans un tourbillon de pensées et de souvenirs. L'image d'Éric, son corps désarticulé, son crâne éclaté… Tout ça ne me quitte pas. Je me lève en la remerciant d'une voix presque inaudible, et quitte la pièce.

Dehors, l'air frais me frappe le visage. Je respire profondément en essayant de chasser les images de ma tête. Mais elles restent, tenaces, comme des ombres qui refusent de s'évanouir une fois la nuit passée, lorsque vient le matin.

Je marche sans but précis. Mes pas me guident loin du cabinet. Loin de tout. Chaque pas semble me rapprocher un peu plus du gouffre qui s'ouvre devant moi.

Et maintenant ?

Et au fond de ce gouffre, je sais qu'il y a quelque chose d'autre. Quelque chose que je ne suis pas encore prêt à affronter. Pas encore.

Mais bientôt.

Je rentre chez mes parents, en espérant trouver un semblant de paix – même si je sais que ce ne sera pas le cas. À peine ai-je passé le seuil de la porte que je les entends. Ils sont dans le salon, en pleine dispute.

– Je te dis qu'il a besoin de plus d'aide ! s'écrie ma mère.

Sa voix tremble de colère et d'inquiétude. Ça n'a jamais autant été le cas. Nous ne nous sommes pas vus pendant des mois, puisque j'étais à l'internat. Et cette période a marqué une telle rupture…

– Et moi, je te dis qu'on a tout essayé ! Il est dégénéré, complètement foutu ! rétorque mon père.

Son ton dur et sans pitié. Je sais ce qu'il pense de moi. Au fond, c'est ce qu'il a toujours pensé. Il me déteste. Depuis que je suis né.

Je m'immobilise en sentant la colère monter en moi. Ils parlent de moi comme si je n'étais pas là, comme si je n'étais qu'un problème à résoudre, un fardeau à porter. Je ne suis rien de plus, à leurs yeux.

– On ne peut pas juste l'abandonner ! Il est notre fils !

Ma mère semble au bord des larmes.

– Tu crois que je ne le sais pas ? Mais regarde-le, regarde ce qu'il est devenu ! Je ne sais plus quoi faire !

Voilà. C'est à cela que je suis réduit. Un monstre dont on discute du sort. M'abandonner semble devenir une option crédible pour eux. Mais pour me donner à qui ? Et comment ? Je ne sais pas pourquoi, mais j'ai l'impression qu'ils y pensent de plus en plus.

Désormais, ma seule porte de sortie, c'est le dessin. C'est encore le seul endroit où je suis libre de m'évader.

Je les écoute se disputer et chaque mot est comme une lame de plus enfoncée dans mon cœur. Ils pensent que je suis dingue, irrécupérable. Ils ne savent rien. Ils ne savent pas ce que j'ai vécu, ce que j'ai fait. Ils ne sauraient pas quoi en faire, de toute façon.

Je prends une profonde inspiration et entre dans le salon. Ils se tournent vers moi, surpris et mal à l'aise de m'avoir surpris en train de les écouter.

– Alexis, murmure ma mère avec les yeux rougis par les larmes, comment ça s'est passé ? Tu vas bien ?

Mon père se contente de me regarder avec une colère froide.

– Je vais bien, lâché-je en essayant de garder ma voix stable. Je suis juste fatigué.

Ils échangent un regard, puis ma mère acquiesce lentement.

– D'accord, mon chéri. Va te reposer.

Je monte les escaliers en sentant leurs regards peser sur moi comme un fardeau. Chaque pas résonne dans le silence tendu de la maison. Arrivé dans ma chambre, je ferme la porte derrière moi et m'effondre sur le lit.

La colère, la douleur, la culpabilité… tout se mélange en moi dans un tourbillon de sentiments contradictoires. Je me sens piégé, pris au piège entre ce que je suis et ce que je devrais être.

Je pense à Éric, à sa langue tranchée, à son corps désarticulé. La satisfaction morbide que j'ai ressentie à cet instant me hante. Je me demande si je pourrai jamais me libérer de ces souvenirs, de cette rage qui me consume.

Mais au fond de moi, je sais que je dois continuer à avancer. Que je dois trouver un moyen de vivre avec tout ça, de survivre à tout ça.

Je ferme les yeux en essayant de trouver un semblant de paix dans l'obscurité. Mais même là, les images, les souvenirs, et la voix du Bouloulou me poursuivent. Il y a toujours ses grands yeux enflammés qui me hantent à chaque fois que j'essaye de faire le vide dans ma tête. Il est là. Tout le temps. Comme une chanson au refrain entêtant qu'on n'arrive pas à chasser.

– On se reverra, murmure-t-il.

Et je sais qu'il a raison.

Je ne suis pas seul. Mais je ne suis pas sûr que ce soit une consolation. Parce qu'en vérité, je suis avec *lui*.

Chapitre 23

Présent

Le bruit de l'eau du thé qui s'écrase au fond de mon verre me paraît assourdissant.

Samir est en face de moi. Il a l'air solennel.

– Ce qu'il s'est passé, lance-t-il, ce n'est pas… ce n'est pas bien. Ça n'aurait pas dû arriver.

Je me renfonce un peu plus dans ma chaise.

– Samir…

– Quoi ?

– Tu m'as raconté deux histoires, n'est-ce pas ?

Il hausse un sourcil, puis hoche la tête.

– Dans la première, l'homme n'a pas eu peur du Bouloulou, et il a été épargné.

– Exact.

– Dans la seconde, il a eu peur du Bouloulou, et il s'est retrouvé comme… mort.

Il acquiesce de nouveau d'un mouvement de tête.

– Qu'est-ce qu'il se passe si on n'a pas peur du Bouloulou, mais qu'il ne nous épargne pas non plus ?

Samir s'humecte les lèvres et semble déglutir avec difficulté, comme s'il était embarrassé par la question.

– C'est un cas… c'est un cas extrêmement rare, tu sais. Je… ça n'arrive jamais.

Même lui a l'air gêné.

– Et si ça arrivait ?

– C'est déjà arrivé, bien sûr, mais…

– Qu'est-ce qu'il se passerait ? Réponds-moi.

Il prend quelques instants avant de laisser les mots franchir ses lèvres.

– Il peut te posséder.

Sa réponse me glace le sang, et même la chair.

Je sens un frisson parcourir ma colonne vertébrale, une peur sourde s'insinuer dans chaque fibre de mon être. Je serre les poings sous la table, en essayant de garder mon calme.

– Posséder… comment ? demandé-je, la voix tremblante.

Samir soupire. Il pose son verre de thé sur la table avec une infinie précaution. Je vois bien qu'il essaye encore de me jauger. Il cherche encore à savoir si c'est vraiment arriver ou non, mais je sens que son regard a changé, sur moi.

– Le Bouloulou n'est pas juste une entité extérieure, Alexis. C'est une force qui peut s'infiltrer dans ton esprit, s'enraciner dans tes pensées et se nourrir de tes peurs, de ta colère, de ta douleur. Si tu lui donnes une ouverture, il s'y engouffre et finit par te contrôler de l'intérieur.

Je déglutis difficilement. Les paroles de Samir résonnent dans ma tête comme un écho sinistre.

– Donc... si je comprends bien, il est en moi. Il fait partie de moi maintenant.

– Oui, répond Samir, la voix grave. Et c'est ce qui le rend si dangereux. Parce qu'il peut utiliser tes émotions contre toi. Il peut te pousser à des actes que tu n'aurais jamais imaginés. Tu deviens une marionnette, un pantin à sa merci. C'est ce qui arrive si tu as cédé. Si tu l'as un jour accepté.

Je sens une vague de désespoir m'envahir. Toute ma vie, j'ai lutté contre mes démons intérieurs, et maintenant, je réalise que l'un d'entre eux a pris le contrôle. Que je suis devenu le monstre que je redoutais tant.

Et forcément, ce cauchemar à l'internat m'envahit de nouveau. Lorsqu'il semblait me tendre les bras et que je me suis réfugié auprès de lui.

– Est-ce qu'il y a un moyen de l'expulser ? demandé-je.

Samir secoue la tête.

– Ce n'est pas si simple. Une fois qu'il est en toi, il est extrêmement difficile de s'en débarrasser. Il faut une force mentale immense, une volonté de fer pour résister à ses assauts. Mais même avec ça, il y a toujours un risque qu'il revienne.

– Alors, qu'est-ce que je fais ? murmuré-je, abattu.

– La seule solution, c'est de t'isoler, explique Samir. De te couper de tout ce qui pourrait lui donner une prise sur toi. Les émotions fortes, les liens affectifs, tout cela peut le renforcer. Tu dois apprendre à vivre seul, à contrôler tes pensées, à rester vigilant en permanence.

L'idée de m'isoler, de me couper de ceux que j'aime, de vivre une existence solitaire et vigilante me terrifie. Mais je comprends que c'est la seule façon de protéger ceux qui me sont chers. De protéger Aurélie.

– Alors… je n'ai pas le choix, conclus-je d'une voix cassée. Je dois m'isoler. Je dois apprendre à vivre avec cette chose en moi, à la contrôler.

Samir hoche la tête.

– Je suis désolé.

Bouloulou

Je fixe le fond de mon verre de thé. Les pensées tourbillonnent dans mon esprit. Je suis terrifié.

Tous ceux que j'aime, mais aussi tout CE que j'aime.

Plus de dessin.

Plus de passions.

Rien qui puisse me faire vibrer.

Seulement la solitude.

Chapitre 24

Passé

J'ignorais que je connaîtrais un jour cette sensation : ne plus avoir la moindre raison de vivre. De me lever.

Pourtant, je suis toujours scolarisé. J'ai dû revenir vivre chez mes parents et, étrangement, je ne vois plus le Bouloulou. J'imagine que je devrais être heureux et pourtant, ce n'est pas le cas. Car même s'il n'est pas là, je suis tout de même en mesure de sentir sa présence. Et, parfois, l'absence est bien plus remarquée qu'une présence permanente, de toute façon.

Les nuits sont les pires. Je suis couché dans mon lit, les yeux fixés sur le plafond, incapable de dormir. Les souvenirs de l'internat me hantent. Les rires moqueurs, les coups, les humiliations, tout revient en boucle, comme un cauchemar sans fin. Parfois, je ferme les yeux et je peux presque sentir la douleur des coups, entendre les voix cruelles de mes camarades.

Je me tourne et me retourne, en cherchant un peu de répit, mais il n'y en a pas. Les images défilent devant mes yeux fermés. Elles me narguent, me tourmentent. Je revois le visage d'Éric, sa terreur, son sang. J'entends encore ses cris étouffés, et le bruit de son corps s'écrasant contre le pavé.

Je me lève souvent en pleine nuit, incapable de supporter plus longtemps ces visions. Je me dirige vers mon bureau, allume la petite lampe de chevet, et saisis mon carnet de croquis. Le dessin est la seule chose qui semble m'apporter un peu de soulagement.

Je commence à dessiner frénétiquement. Mes doigts courent sur le papier, forment des lignes et les ombres qui prennent vie sous mes yeux me réconfortent. Les visages des monstres de l'internat apparaissent sur la page, grotesques et déformés. Et ainsi, leurs sourires cruels sont figés pour l'éternité.

Parfois, c'est le visage du Bouloulou qui apparaît. Ses yeux de feu me fixent avec une intensité terrifiante. Je dessine et je dessine encore, en essayant de capturer l'essence de mes peurs, de les enfermer dans ces pages de papier. Mais rien n'y fait.

L'absence du Bouloulou est une étrange bénédiction. Sans lui, je devrais me sentir libre, mais ce n'est pas le cas. Il me manque, d'une certaine manière perverse. Il était la personnification de mes peurs, mais aussi une présence constante, un repère dans mon chaos intérieur. Sans lui, je suis perdu, à la dérive dans un océan de terreur sans nom.

Je suis tiraillé entre le soulagement et le désespoir. Le soulagement de ne plus voir ces yeux ardents me fixer depuis l'obscurité. Le désespoir de ressentir ce vide qu'il a laissé derrière lui. Comme si, en disparaissant, il avait emporté une partie de moi avec lui.

Cette dualité me ronge. Chaque dessin que je fais semble manquer de quelque chose, un éclat de vie, une touche de terreur authentique. Je me retrouve à griffonner son visage encore et encore, en cherchant à combler ce vide, à comprendre cette absence qui me hante plus que sa présence.

Je n'en peux plus.

Les jours passent et la routine de l'école me semble insipide. Les cours, les devoirs, les interactions sociales forcées, tout cela me paraît dénué de sens. Je suis une ombre parmi les vivants. Je me déplace sans but, sans véritable lien avec ce monde. Comme si j'étais dans une bulle.

Les disputes de mes parents, qui résonnent à travers les murs, deviennent un bruit de fond constant. Je les entends parler de moi, de mes problèmes, de leur inquiétude. Ils pensent que je suis dégénéré, que quelque chose ne tourne pas rond chez moi.

Et ils ont peut-être raison.

– Il faut faire quelque chose, lance ma mère. Il ne peut pas continuer comme ça.

– Que veux-tu que je fasse ? répond mon père. Je ne sais plus quoi faire. Si ce n'était que moi, je gérerais la situation de manière beaucoup plus coercitive, tu peux me croire !

– Alors… fais-le !

– Qu'est-ce que tu dis ? Tu es sûre ?

Elle se met à sangloter.

– Oui. Fais-le. Il n'y a plus de solution… alors vas-y… je m'en remets à toi.

– Tu ne vas pas le regretter ?

Leurs voix se mêlent, se brouillent, et je me sens encore plus isolé. Je suis seul avec mes dessins, seul avec mes monstres intérieurs. Le Bouloulou me manque, d'une manière que je ne peux expliquer. Sans lui, je suis incomplet, fragmenté. Il est là, quelque part, mais pas réellement. Comme s'il… comme s'il faisait partie de moi.

Les nuits continuent d'être agitées, peuplées de cauchemars et de souvenirs douloureux. Chaque fois que je ferme les yeux, je revis les moments les plus sombres de ma vie. Et chaque fois que je les ouvre, je fais face à une réalité tout aussi terrifiante. Je ne sais même plus différencier les cauchemars de la vraie vie. Enfin, si : puisque les cauchemars me paraissent finalement plus rassurants.

Je suis en colère. En colère contre mes parents pour m'avoir envoyé dans cet internat. C'est de leur faute, tout ça. Ils ne m'ont jamais compris, jamais écouté. Ils ont toujours voulu se débarrasser de moi, me mettre à l'écart. Et maintenant, ils se demandent pourquoi je vais mal ?

Ma mère pense que je suis devenu fou, mon père veut utiliser la force pour me remettre sur le droit chemin. Ils ne voient pas que c'est leur indifférence, leur incapacité à comprendre qui m'ont brisé. Ils ne voient pas que je suis en train de me noyer, et que je n'ai plus la force de lutter. Mon seul moyen, c'est de me refermer sur moi-même.

Alors, je ne dis plus rien.

Je m'enferme dans ma chambre et dessine sans relâche. Le Bouloulou, les monstres de l'internat, ma propre rage, tout prend forme sur le papier. C'est la seule façon que je connais pour extérioriser ma douleur, pour essayer de la comprendre. Mais même cela ne suffit plus.

Il est parti, mais il a laissé une marque indélébile sur mon âme.

Et je ne sais pas si je pourrai jamais combler ce vide, ou si je suis condamné à errer entre deux mondes, à la recherche d'une paix qui me semble toujours hors de portée.

Les jours deviennent des semaines, les semaines des mois et les mois... des années. Je m'enferme de plus en plus dans ma bulle, en m'éloignant de tout et de tous. Ma colère contre mes parents grandit, se nourrit de leur incompréhension, de leurs disputes constantes. Ils ne savent pas ce que j'ai vécu, ils ne comprennent pas l'horreur de l'internat, la cruauté des autres garçons, la terreur constante.

Ils ne savent pas ce que c'est que d'être hanté par ses propres démons, de se sentir à la fois vide et plein de rage, d'être à la dérive sans aucun repère. Ils ne savent pas ce que c'est que de ressentir cette absence, ce manque, cette douleur sourde qui ne part jamais.

Je me sens trahi. Trahi par ceux qui auraient dû me protéger, par ceux qui m'ont envoyé dans cet enfer. Et cette trahison alimente ma haine, ma douleur, mon désespoir.

Et un jour, en rentrant de l'école, mon père pousse la porte de ma chambre. Il n'a jamais fait dans la dentelle, ni dans la compréhension, de toute manière. Alors, je ne suis pas surpris par son air sévère.

– Alexis, ça suffit. Maintenant, tu vas m'écouter, parce que je ne te laisserai plus le choix.

Quel choix, de toute manière ? J'ai l'impression de ne jamais en avoir eu, de toute manière.

– J'ai prévu ton avenir.

Puisque je ne réponds rien, il continue :

– Tout ton avenir, confirme-t-il. Si tu refuses de m'écouter, je peux te jurer qu'à tes dix-huit ans, tu dégages d'ici et tu finis à la rue. Tu ne seras plus mon fils. Je n'en ai rien à foutre.

Qu'est-ce que ça peut faire, de toute manière ?

– Donc, tu vas suivre la voie que j'ai tracée pour toi. À savoir, une école de commerce. Tu y seras très bien.

Une école de commerce ? Rien que l'idée me donne envie de vomir. Les chiffres, les statistiques, les affaires... ce n'est pas moi. Ça ne l'a jamais été.

Ça, c'est lui. Ce sont SES passions. Ses propres craintes. Mais je sais que contester ne fera qu'empirer les choses. Alors, je me contente de hocher la tête, d'acquiescer sans vraiment écouter. Peu importe le bourbier dans lequel il décide de me traîner. De toute manière, je n'ai pas d'autre choix que d'accepter.

Les mois suivants passent dans un brouillard de cours et de révisions. Je prépare mon bac, mais sans conviction. Chaque jour est une épreuve.

Finalement, le jour du bac arrive. Je me rends à l'examen, mécanique, comme un automate. Je passe les épreuves, sans vraiment y croire. Je n'attends rien de moi-même. Ni de la vie, de manière générale.

Les résultats tombent. Contre toute attente, je réussis. Mention assez bien. Mes parents sont soulagés, mais je vois dans leurs yeux qu'ils espéraient mieux. Pour eux, ce n'est qu'une étape vers l'école de commerce, vers ce futur qu'ils ont imaginé pour moi.

Et pour moi, c'est une condamnation. Une sentence qui m'éloigne encore plus de ce que je suis vraiment, de ce que je veux vraiment. Je me sens de plus en plus déconnecté de ma propre vie, de mon propre avenir. C'est comme si je jouais à un jeu vidéo, mais que j'étais à la troisième personne.

Je suis déprimé. Dépité. La perspective de l'école de commerce me pèse comme un fardeau insurmontable. Chaque jour, je m'enfonce un peu plus dans ma torpeur, incapable de voir une issue.

Parce qu'il n'y en a pas.

Il n'y a pas d'issue…

Chapitre 25

Présent

J'enlève toujours mes chaussures, avant d'entrer. Ce sont mes nouvelles habitudes, depuis que je vis seul.

J'entre dans la cuisine pour attraper une boîte de pâtes à réchauffer au micro-ondes, dans le frigo.

L'occasion, en m'installant devant la télévision, de repenser à ces dernières années. Parce que celles qui viennent de s'écouler me semblent si courtes et à la fois si longues.

Pouvez-vous savoir ce que c'est de vivre sans passion ?

Pouvez-vous savoir ce que c'est de vivre sans but ?

Dans la peur permanente qu'une épée de Damoclès s'abatte sur vous pour vous prendre tout ce que vous croyez posséder ?

Vivre avec le Bouloulou, c'est comprendre qu'on ne possède jamais rien pour de bon. Que tout ce qu'on prend pour acquis peut disparaître du jour au lendemain dans la fumée des flammes les plus intenses qui soient. Que tous ceux qu'on aime peuvent refaire leurs vies sans nous et alors, on est obligés de comprendre que nous ne sommes en rien indispensables. Nous ne sommes tous que des pions dans son jeu mortel.

Je réchauffe mes pâtes, le bourdonnement du micro-ondes remplit le silence oppressant de l'appartement. Depuis des années, c'est ma routine. Mon refuge. Mon isolement. J'ai coupé les ponts avec tout le monde, même avec Aurélie. Surtout avec elle. Elle a essayé de me contacter, au début. Des messages, des appels. Des visites impromptues. Mais j'ai toujours su que répondre, lui parler, la revoir serait un risque trop grand. Pour elle. Pour moi.

Alors, j'ai déménagé. J'ai une vue sur le port de Marseille. Ce n'est pas si mal.

Le micro-ondes émet un bip sonore, et me tire de mes pensées. Je récupère mon repas et m'installe devant la télévision. Une vieille série que j'ai déjà vue des dizaines de fois. C'est tout ce que je supporte. Rien de nouveau, rien de stimulant. Juste du familier, du réconfortant. J'ai peur d'aimer quoi que ce soit.

Les années ont défilé ainsi. Une succession de jours identiques, sans éclat. Sans joie. Sans amour. J'ai appris à vivre avec le Bouloulou en moi, à contrôler mes émotions, à ne rien laisser paraître. C'est devenu une seconde nature. Une prison intérieure dont je suis le seul gardien.

Parfois, je repense à Samir, à ses histoires, à ses avertissements. Il avait raison. Le Bouloulou est là, tapi dans l'ombre de mon esprit, prêt à surgir à la moindre faiblesse. À la moindre émotion trop forte. Mais je tiens bon. Je m'accroche à ma routine, à ma solitude. C'est tout ce qui me reste. C'est tout ce à quoi j'ai droit.

Les jours passent et se ressemblent. Je dessine toujours, mais mes croquis sont devenus sombres, et inquiétants. Des monstres, des cauchemars. Des reflets de ce que je ressens à l'intérieur. De ce que je suis devenu. Je ne montre mes dessins à personne. Ils sont pour moi, et pour lui. C'est une manière de garder le contrôle et de le contenir.

Ce soir, je termine mon repas en silence, les yeux fixés sur l'écran de la télévision sans vraiment le voir. La solitude est devenue une compagne familière, une amie silencieuse. Mais parfois, dans les moments de faiblesse, je me demande combien de temps encore je pourrai tenir. Combien de temps avant que le Bouloulou ne prenne totalement le dessus.

Je me lève, range mon assiette et m'approche de la fenêtre. La ville s'étend devant moi. Ses lumières scintillent dans l'obscurité. Je pense à Aurélie, à ce que j'ai sacrifié pour la protéger. À ce que j'ai perdu. À ce que je suis devenu…

Je suis maintenant le monstre que je voulais fuir.

Je suis une ombre, un spectre errant dans le monde des vivants. Un monstre avec une façade humaine. Et chaque jour, je me demande si ce sacrifice en valait la peine. Si cette existence solitaire, dénuée de sens, est vraiment ce que je mérite. Mais au fond de moi, je sais que c'est le prix à payer pour protéger ceux que j'aime. Pour empêcher le Bouloulou de détruire tout ce qui m'est cher.

Alors, je me referme un peu plus chaque jour, je m'isole, je me perds dans ma routine. Et j'attends. J'attends que les jours passent, que les années s'écoulent, que le temps fasse son œuvre. Jusqu'à ce que, peut-être, un jour, je trouve enfin la paix. Ou que le Bouloulou me consume complètement.

Je repense aussi aux cours d'art que j'ai quittés. Ils étaient la seule chose qui me rapprochait de quelque chose de semblable à une passion. Mais j'ai dû les abandonner pour les mêmes raisons que tout le reste. Pour éviter de m'attacher, de me lier à quelque chose ou à quelqu'un.

Ce soir, après avoir terminé mon repas, je me retrouve à scroller sur les réseaux sociaux, à chercher quelque chose pour occuper mon esprit. C'est alors que je tombe sur une annonce pour un concours de peinture à Paris. Le thème est « Ta Pire Peur ».

Mon cœur manque un battement. Un concours de peinture… sur la peur. Sur ma peur.

Ça me rappelle de vieux souvenirs.

De vieilles envies.

Tout ce qu'ils demandent, c'est une œuvre à montrer.

Je me lève brusquement, en laissant mon téléphone tomber sur le canapé. Je me dirige vers ma chambre. Les pensées tourbillonnent dans ma tête.

Peut-être que ce concours est une chance pour moi.

Une manière de confronter mes démons, de mettre un visage sur cette terreur qui me ronge de l'intérieur.

Une dernière fois…

En entrant dans ma chambre, je sens une étrange détermination m'envahir. Peut-être est-ce le moment de faire face à ma pire peur. De peindre le Bouloulou. De le capturer sur une toile, de l'exorciser de mon esprit.

Je sors mes vieux pinceaux, mes toiles et mes tubes de peinture. Je n'ai pas touché à ces outils depuis des années, mais ce soir, ils me semblent familiers. Je ne m'accorde de les toucher que du bout des doigts.

Je m'installe devant la toile blanche, le pinceau en main, et commence à peindre. Les traits se forment sous mes doigts, et peu à peu, le visage du Bouloulou apparaît. Ses yeux brûlants, son sourire malveillant. La créature qui a hanté mes nuits et détruit ma vie prend forme sous mes yeux.

– C'est encore entre toi et moi…

Les détails du Bouloulou se précisent. Chaque trait révèle un peu plus l'horreur qui se cache derrière son apparence.

Ses yeux, d'abord, sont deux orbes de feu, incandescents, semblant brûler d'une malveillance éternelle. Je passe des heures à capturer cette lueur infernale, ajoutant des couches de rouge, d'orange et de jaune pour donner vie à cette flamme intérieure. Ses yeux semblent suivre le spectateur, où qu'il se trouve, promettant un tourment sans fin.

Son visage est une mosaïque de cauchemars, des traits anguleux et déformés, comme si le Bouloulou avait été façonné dans les profondeurs mêmes de l'enfer. Je peins des lignes irrégulières et torturées, des ombres profondes et des reflets sinistres, pour donner l'illusion d'un visage en perpétuelle transformation, toujours à la limite de l'horreur indicible.

Sa bouche est un rictus cruel, un sourire qui ne promet que douleur et désespoir. Les dents, aiguisées comme des rasoirs, brillent d'un éclat mortel. Je passe un temps infini sur ce sourire, chaque dent une promesse de souffrance, chaque ombre une menace de destruction. C'est un sourire qui parle de la folie et de la terreur, qui semble prêt à dévorer l'âme de quiconque ose le regarder trop longtemps.

Je peins ses mains, longues et griffues, des appendices cauchemardesques qui semblent vouloir s'étendre hors de la toile pour saisir le spectateur. Les doigts, effilés et sinistres, sont comme les tentacules d'un monstre prêt à s'emparer de ses victimes. Chaque détail est soigné, chaque ligne, une tentative de capturer l'essence même de la terreur.

Le reste de son corps est une masse indistincte de ténèbres et de fumée, un tourbillon de formes incertaines et changeantes. Je mélange les couleurs sombres, les noirs, les gris, les bleu profond, pour créer cette sensation d'inquiétude et de malaise. Le Bouloulou semble émerger de l'ombre elle-même, une entité née du noir et du néant. Mais cette fois, il porte une bague verte, à l'un de ses doigts crochus.

La toile prend vie sous mes mains, et je ressens une étrange satisfaction en voyant le Bouloulou se matérialiser. C'est comme si, en le peignant, je le confrontais enfin, je l'affrontais de front, sans détour. Mais en même temps, je sens sa présence s'intensifier autour de moi, comme s'il se nourrissait de mon œuvre, comme s'il devenait plus réel à mesure que je lui donnais forme.

C'est juste lui et moi. Mon plus vieil ami. Mon meilleur ennemi.

Lorsque l'aube pointe enfin, je me recule de la toile, épuisé, mais étrangement apaisé. Le Bouloulou est là, sur la toile, plus terrifiant que jamais.

Une fois qu'il a enfin pris forme et que j'ai l'impression qu'il est là, en face de moi, je saisis mon téléphone resté dans le salon pour prendre la toile en photo et je l'envoie aux organisateurs de l'exposition. Il est huit heures du matin.

Le soleil est déjà haut dans le ciel et moi, je dois aller bosser. Comme d'habitude, rien d'exceptionnel et cette fois, je serai encore plus abattu que d'habitude. Par la fatigue. Mais de toute façon, personne ne le verra. Dans ce travail sans envergure, personne ne me voit jamais. Aussitôt que j'ai été pris dans ce boulot qui ne me correspond pas et qui me colle à la peau, ils m'ont mis au placard. Je suis dans le même bureau, toute la journée, à presser les mêmes touches sur mon clavier pour que jaillissent des statistiques inintéressantes que je vais rendre à des gens inintéressants par mail.

Je suis comme un fantôme qui hante la société. Je pourrais ne pas être là, ce serait la même chose. Personne ne s'en apercevrait. La seule raison qui me pousse à me rendre quand même au bureau, c'est la perspective de ne pas être seul et de sentir la présence d'autres humains autour de moi. Même s'ils ne sont pas dans le même bureau. Même si on ne parle jamais. Au moins, je sais qu'ils sont là. Car depuis cette vie de solitude que je mène, il n'y a rien qui me manque plus que la chaleur humaine.

L'idée de ne pas être seul. De pouvoir partager un verre entre amis. Au final, rien ne me retient, ici. J'y ai déjà pensé. Ce serait si simple d'imiter la souris. Mais ça lui donnerait la victoire qu'il ne mérite pas. Ça lui offrirait définitivement ce qu'il attend de moi : que j'en finisse. Je préfère encore lutter et lutter, c'est le garder caché au fond de moi pour qu'il ne puisse pas s'en prendre à d'autres. Parfois, je désespère, parce que je me rappelle que je suis enfermé dans mon corps avec un monstre. Et d'autres fois, je me trouve tellement froid et abominable que je me demande si ce n'est pas lui qui devrait être terrifié d'être coincé avec moi.

La journée passe sans peine, jusqu'à ce message.

Excellent ! Viens, tu as ta place à l'expo !

J'ai l'impression que des milliers de papillons se déploient dans mon ventre. Ça ne m'était pas arrivé depuis… tellement longtemps. Je suis si peu habitué au bonheur qu'il a pour moi une odeur très particulière et un goût sucré auquel je ne parviens pas à m'habituer. Lorsque je regarde la vie, autour de moi, j'ai le sentiment persistant d'être autour d'une table et que tout le monde mange pendant que moi, je ne fais que ramasser les miettes. Mais qu'est-ce qu'elles sont, ces miettes ? Un sourire. Un regard. Un bonjour quand je vais acheter du pain. Tout ce qui me rappelle qu'en fin de compte, je suis humain. Ou en tout cas, tout ce qui tend à me le faire croire.

Car je sais que ce n'est plus le cas depuis longtemps. J'ai perdu cette part d'humanité en moi il y a déjà longtemps.

Retourner à Paris le temps d'une expo ?…

Après tout, pourquoi pas.

Ça me rappellera peut-être de vieux souvenirs.

La semaine suivante, je prends mes billets de train pour Paris. L'idée de retourner dans cette ville me remplit d'un mélange d'appréhension et de nostalgie. Paris, c'est là où tout a commencé et où tout a basculé. Mais peut-être que c'est aussi là où je pourrai trouver une forme de rédemption, ou au moins un semblant de paix intérieure.

Le jour du départ arrive vite. Je me lève à l'aube, prépare rapidement mes affaires, et emporte avec moi la toile du Bouloulou, soigneusement emballée pour ne pas l'abîmer. Le trajet en train est étrangement apaisant. Les paysages défilent par la fenêtre et me permettent de me perdre dans mes pensées.

Quand j'arrive enfin à Paris, l'agitation de la ville me submerge en un instant. Je prends une profonde inspiration et me dirige vers le métro. L'exposition a lieu dans une petite galerie du Marais. En marchant dans les rues pavées, je ressens une étrange connexion avec la ville, comme si elle comprenait mon tourment intérieur. Je ne suis pas venu ici depuis tellement longtemps…

Je trouve facilement la galerie. Une petite pancarte annonce l'exposition : « Ta Pire Peur ». Les organisateurs m'accueillent chaleureusement et m'aident à installer ma toile, recouverte d'un grand drap. Une fois que tout est en place, je m'éloigne un peu pour observer le résultat.

– On découvrira tout en même temps, me prévient l'organisateur. Ça va être sensationnel !

À côté de la mienne se trouve une autre toile, elle aussi couverte d'un drap. Ils tiennent absolument à ce que les artistes puissent révéler leurs œuvres en même temps.

Les artistes…

C'est ce que je voulais, en fin de compte.

Je passe le reste de la journée à flâner dans le quartier, à me perdre dans les souvenirs. Chaque coin de rue semble murmurer des échos de mon passé. La journée s'étire et, alors que la nuit tombe, je retourne à la galerie pour le vernissage.

Des visiteurs commencent à arriver, curieux et intrigués par le thème de l'exposition.

Ils ressemblent tous à des hipsters, ou des bobos parisiens faussement intéressés par la culture. Il y a longtemps que je n'en avais pas vu. Et… ce n'était pas plus mal, en fin de compte. Mais ce soir, tout est nouveau.

Depuis que je suis enfant, je dessine le Bouloulou et ce soir, il sera exposé à la vue de tous.

Personne n'a su me comprendre.

Ni ma maîtresse de primaire.

Ni mes parents.

Ni la psychologue.

Personne.

Les seuls qui m'ont cru sont Adrien et Aurélie, et maintenant, pour leur propre sécurité, ils ne sont plus là. Et ils ne le seront plus jamais.

– Mesdames et messieurs, approchez, je vous prie ! Nous avons ici deux artistes qui vont dévoiler leurs toiles !

Je n'ai même pas eu envie de prendre une coupe de champagne ou quoi que ce soit. Tout ce que je veux, c'est l'exposer. Le révéler aux yeux du monde une dernière fois avant de disparaître de nouveau dans la nature et dans ma solitude, pour ne plus jamais en ressortir.

Mais j'en ai besoin.

L'organisateur, sous l'œil attentif des spectateurs, dévoile mon Bouloulou.

Il est là, dans tout ce qu'il a d'horrifique, et secoue la foule de « oh » et de « ah ».

Le Bouloulou est figé sur la toile, terrifiant et hypnotisant.

Ses yeux de feu captivent immédiatement. Ce sont deux orbes incandescents, qui brûlent d'une malveillance éternelle. Leur éclat rougeoyant semble suivre chaque spectateur.

Je ne l'ai jamais si bien représenté…

Les longs cils, semblables à des barbelés, entourent ses yeux, pour accentuer leur aspect perçant et inhumain. Ils semblent presque palpables, comme s'ils pouvaient sortir de la toile pour étreindre et capturer l'âme de quiconque ose les fixer trop longtemps.

Sans vouloir me vanter, il est normal qu'il soit réussi. J'ai imprimé chaque trait de lui depuis… tellement longtemps, maintenant.

Sa bouche est un rictus cruel, un sourire qui ne promet que douleur et désespoir. Ses longues dents, aiguisées comme des rasoirs, brillent d'un éclat mortel.

Et ses mains... longues et griffues, sont des appendices cauchemardesques qui semblent vouloir s'étendre hors de la toile pour saisir le spectateur. Les doigts, effilés et sinistres, sont comme les tentacules d'un monstre prêt à s'emparer de ses victimes. Et là, au milieu de cette vision d'horreur, une bague verte brille à son doigt. Elle contraste étrangement avec la noirceur de la créature. Elle m'est venue comme ça, sans même y réfléchir, en faisant appel à tous mes souvenirs de lui.

Le reste de son corps est une masse indistincte de ténèbres et de fumée, un tourbillon de formes incertaines et changeantes.

C'est lui.

– Waouh, lance l'organisateur. Content de la voir en vrai ! Ça, c'est une œuvre intitulée *Bouloulou*, qui nous vient d'Alexis, de Marseille. Passons à la suivante !

À côté de moi, une jeune femme. Elle a les cheveux longs et noirs, attachés. Elle a de beaux et longs cils, qui entourent ses yeux verts. Elle porte un voile, autour du cou. Elle l'a attaché comme un beau ruban rouge.

C'est à son tour de montrer sa toile et sans l'ombre d'une hésitation, elle tire le drap.

Un voile rouge, dans une main ensanglantée, sur un fond noir.

– C'est magnifique, commente le galeriste. Il y a de la profondeur dans ce que tu peins. Tu peux nous dire un peu ce que ça représente ?

Elle s'incline un instant avec humilité, puis se positionne à côté de son tableau.

– Bien sûr.

Elle pose son regard sur chacun d'entre nous, et ses grands yeux verts me transpercent.

Qui est-elle ? J'ai l'impression de la connaître…

– Cette toile est ma plus grande peur. Une main, pour arracher mon voile, mais aussi mon innocence. Il y a quelques années, je marchais seule à Paris et j'ai été agressée dans une ruelle. Ce jour-là, je ne me suis jamais sentie aussi vulnérable, parce qu'ils m'ont pris tout ce que j'avais : mon humanité, ma dignité, mon innocence et ma sécurité. Ils étaient plusieurs et ils s'en sont pris à moi, parce que je refusais de retirer mon voile. Et ce voile, c'est devenu ma force.

Lorsqu'elle le détache d'autour de son cou et qu'elle le brandit, une peur sourde m'envahit.

Elle vient du plus profond de mes tripes.

Je regarde sa main, celle qui tient le voile, et je remarque une bague, avec un immense joyau vert, dessus.

Je suis le monstre.

Je recule d'un pas et l'organisateur me retient.

– Hé, Alexis, ça va ?

J'ai les tempes qui brûlent et de puissantes douleurs d'estomac. J'ai l'impression que je vais m'effondrer.

– Alexis ?

Je fends la foule à reculons, en tremblant de tous mes membres. Je vois leurs yeux qui se posent sur moi et j'ai l'impression d'y lire de la terreur. Et il y a son regard à elle. Il transmet toute la douleur qu'elle ressent, après cette agression.

Et lorsque je vois ses yeux à elle, ce que j'y vois, c'est une accusation. Et tous mes souvenirs remontent à la surface.

Non. Non, ce n'est pas possible…

Ce n'est pas moi qui…

Je quitte la galerie en trombe, sans regarder derrière moi.

Je suis le monstre.

C'était moi.

Ça a toujours été moi…

Biographie de l'auteur et remerciements

Chedli Ben Hassine, 29 ans, est un entrepreneur créatif. Après avoir grandi dans une famille d'entrepreneurs, avec une mère et une sœur dans ce domaine, il a tracé son propre chemin entre études, sport, et voyages. Ressentant souvent qu'il ne trouvait pas sa place, il a transformé ce sentiment en motivation pour découvrir de nouveaux horizons.

Il quitte la France pour les États-Unis où il obtient un diplôme d'ingénieur, financé en partie grâce à sa passion pour le football et la lutte. Pendant ses études, il réalise également un stage au gouvernement américain, une expérience qui renforce son attrait pour les environnements internationaux. De retour en France, il complète un Master en Management à Paris tout en lançant sa propre entreprise en alternance et se tourne rapidement vers le marketing créatif pour de grandes marques – jeux-vidéos, mangas.

Amoureux des voyages, il s'épanouit en explorant le monde et en travaillant à l'étranger, ce qui lui permet de rencontrer de nouvelles personnes. Grand fan de littérature, il trouve son inspiration dans les œuvres de J.R.R. Tolkien et Stephen King. Chedli est aussi passionné par l'horreur, un genre qu'il explore à travers des activités comme les escape games d'horreur et l'urbex.

Toujours avide de défis, il n'aime pas rester inactif. Entrepreneur dynamique, il continue à développer son agence marketing tout en cherchant constamment de nouvelles aventures, que ce soit autour d'un feu avec des amis à se raconter des histoires d'horreur, ou en explorant sa passion pour le monde arabe et ses cultures.

Bouloulou est son premier roman.

Publier un livre est un défi. Un défi de taille. Mais j'ai eu envie de me lancer et j'ai beaucoup de personnes à remercier pour ça.

D'abord, bien sûr, il y a ma famille. Merci à ma soeur de m'avoir fait découvrir le goût des livres et des grandes sagas, comme Harry Potter, ou Le seigneur des anneaux. Merci de m'avoir fait découvrir Shining à 6 ans, quand les parents étaient absents.

Merci à mes parents, car au lieu de me punir bêtement quand j'étais turbulent à l'époque, ils me faisaient recopier des pages de livres. Je crois que, quelque part, ces punitions plus intelligentes m'ont donné un goût prononcé pour l'écriture.

Merci à Théo, pour la collaboration sur cet ouvrage.

Et bien sûr, merci à toute ma communauté et donc, à toi, qui lit ces lignes. Parce que rien de tout cela ne serait possible si tu n'étais pas là. Alors, j'espère que tu as apprécié le livre. J'espère que tu as frissonné autant que j'ai frissonné.

Merci mille fois !

Sous la direction de : Ambre Rouvière
Correction : Nord Compo
Composition : Nord Compo
Conception graphique de la couverture : Nord Compo
Illustration de couverture : © Manel Labidi

PEFC
10-31-1601
Ce produit est issu de forêts gérées durablement et de sources contrôlées

FABRIQUÉ EN FRANCE

Depuis 2009, Prisma Media met en place une politique d'achat écoresponsable. Ainsi, près de 100 % du papier de nos magazines est certifié PEFC (gestion durable des forêts). La fabrication des livres des Éditions Prisma s'inscrit également dans cette démarche.

Dépôt légal : octobre 2024 – n° d'impression : 2407.0024
Achevé d'imprimer en France par : Aubin Imprimeur